张炽恒

文学翻译家、诗人，1991 年毕业于上海师范大学文学研究所世界文学专业，同年获文学硕士学位。译有多种经典文学译著，包括诗歌、小说、戏剧、散文和童话。他译风严谨，字斟句酌，文字流畅生动且最大程度再现原著的精妙之处。主要译著有：《泰戈尔诗选》《绿野仙踪》《柳林风声》《丛林之书》《老人与海》《小飞侠彼得·潘》《布莱克诗集》等。另著有诗集《苏醒与宁静》。

快乐王子

〔英〕王尔德　著
张炽恒　译

吉林大学出版社

图书在版编目（CIP）数据

快乐王子 /（英）王尔德著；张炽恒译．—长春：吉林大学出版社，2019.1

（读经典）

ISBN 978-7-5692-2766-6

Ⅰ．①快… Ⅱ．①王… ②张… Ⅲ．①童话－英国－近代 Ⅳ．① I561.88

中国版本图书馆 CIP 数据核字（2018）第 201844 号

快乐王子

KUAILE WANGZI

著　　者：（英）王尔德
译　　者：张炽恒
策划编辑：魏丹丹
责任编辑：王　洋
责任校对：魏丹丹
开　　本：850mm × 1168mm　1/32
字　　数：204 千字
印　　张：8
版　　次：2019 年 1 月第 1 版
印　　次：2020 年 10 月第 3 次印刷

出版发行：吉林大学出版社
地　　址：长春市人民大街 4059 号（130021）
0431-89580028/29/21
http://www.jlup.com.cn
E-mail:jdcbs@jlu.edu.cn
印　　刷：北京市松源印刷有限公司

ISBN 978-7-5692-2766-6　　定价：22.00 元

为孩子们写的译序

童话。安徒生童话，格林童话，还有……对了，还有王尔德童话。嗯……好像课文里有他的《快乐王子》？对，那是王尔德童话里的一篇。王尔德总共写了九篇童话，都在这本书里了，你很快就会读到。

为什么王尔德童话不如安徒生童话名气大呢？是不是因为不够好，或者因为王尔德写得太少？啊，不是的。王尔德童话足以跟安徒生童话媲美，而且虽然只有不到十篇，却每一篇都是瑰宝。

那是因为有的大人会有一种看法：王尔德童话里面蕴含的东西太多了，小孩子是看不明白的。

他们错了。

要知道，孩子经常比大人更能看清事物，因为孩子的心地最干净，孩子的眼睛最明亮，还有，孩子的感觉比大人敏锐得多。再说,孩子是会一年一年长大的,可以过几年再读一遍,每次重读都有新的发现、新的喜悦,那不是很好吗?

要知道,几乎所有好的儿童文学作品,都是同时受到儿童和成年人喜爱的,只不过王尔德的童话比较特别,特别到让人觉得大人也应该读。他自己也说过,他的作品“不只是为了儿童,也是为了十八岁到八十岁之间所有充满童真的人”。

王尔德(Oscar Wilde,1854—1900)出生于爱尔兰的都柏林,是英国一个大作家、大戏剧家、大才子①,也是世界文学史上最重要的作家之一。他用纯正、精致的文字来创作,他的作品瑰丽华美……“他是唯美主义作家!”假如这会儿你抽空去网上查找过他的资料,你一定会这样说。

是的,王尔德是所谓的“唯美主义”作家,但王尔德的童话并非唯有美。除了无与伦比的美之外,爱和悲悯同样是他的作品的魅力之源。你甚至还

---

① 整个19世纪和20世纪初,爱尔兰属于英国,所以通常认为王尔德是英国作家。

会感觉到一点儿淡淡的忧伤，很美的忧伤。当然了，故事本身很棒很棒，因为王尔德是大戏剧家，特别善于讲故事。另外，王尔德还能将美和讽喻完美地结合在一起，这是很少见的。

你也许会说：“最后一个问题，你为什么要重译王尔德童话呢?”我的回答是：“我想比别的译本做得更好些，尽量更好地还原王尔德的精致和美。”

接下来该你自己慢慢读了。希望你读完以后会感到比较满意。

张炽恒

2013年9月10日于上海奉贤海湾

目　录

快乐王子和其他故事

石榴之家

快乐王子和其他故事

快乐王子

快乐王子的雕像矗立在一根高高的圆柱上，俯瞰着城市。他全身贴满了薄薄的纯金叶子，眼睛是两颗明亮的蓝宝石；一颗大大的红宝石镶在他的剑柄上，闪耀着熠熠的光芒。

他确实很受崇拜。“他像风信标一样美，”一位市议员评论道，他希望得到一个艺术品位高的名声，“只是不太实用。”他又加了一句，因为他怕别人认为他不切合实际，其实他并不是一个不实际的人。

“你为什么不能像快乐王子一样呢？”一位通情达理的母亲问她那个哭着要月亮的小男孩，“快乐王子从不哭哭啼啼地梦想着要一样东西。”

“我真高兴，这世界上有一个人十分快乐。”一个失意的人凝望着这座美妙绝伦的雕像，咕哝道。

“他的模样就像天使。”慈善堂的孩子们说，他们正从大教堂里出来，一个个披着鲜艳的绯红色斗篷，系着洁白的围裙。

“你们是怎么知道的呢？”数学老师说，“你们又没有见过天使。”

“啊！我们见过的呀，在梦里。”孩子们回答说。数学老师皱起了眉头，表情很严厉，因为他不赞成孩子们做梦。

一天夜晚，一只小燕子飞过城市上空。六个礼拜之前，他的朋友们就已经离去，飞往埃及。但他落在了后面，因为他爱上了最美丽的那根芦苇。早在春天他就遇见了她，当时他正跟着一只大黄蛾沿着河流向前飞，却被她纤细的腰肢吸引住了，就停下来和她说话。

“我可以爱你吗？”燕子说，他喜欢单刀直入。芦苇对他深深地鞠了一躬，于是他绕着她飞了一圈又一圈，用翅膀点着水，激起一圈圈涟漪。这是他的求爱方式，就这样他求了一整个夏天。

“这种爱恋很荒唐，”别的燕子啾啾地评论道，“她没有钱，亲戚又太多。”确实，河边长满了芦苇。然后，秋天来了，他们全都飞走了。

他们走后，他觉得寂寞了，开始对他的情人感到厌倦。“她不说话，”他说，“恐怕她是个荡妇呢，因为她总是同风儿调情。”当然，一有风吹来，芦苇就会行起最优雅的屈膝礼。“我承认她爱家，”他接着说，“但是我爱旅行，因此，我的妻子也应该爱旅行。”

“你愿意跟我走吗？”他终于这样对她说。但是芦苇摇摇头，她太恋家了。

“那你是一直在玩弄我啰，”他嚷道，“我要离开这里，去看金字塔了，再见！”他飞走了。

他飞了一整天，晚上来到了这座城市。“我在哪儿歇脚呢？”他说，“希望这个城市为我准备好了住处。”

这时，他看见了高高的圆柱上的塑像。

“我就在那儿歇脚，”他嚷道，“位置好，空气新鲜。”于是他飞下去，正好落在快乐王子的两脚中间。

“我有了一间黄金的卧室。”他一边环顾四周，一边轻轻地对自己说。他准备睡觉了，但他正准备把头埋到翅膀下面去时，一大滴水落在了他身上。“多么稀奇的事！”他嚷道，“天上一片云彩也没有，星星十分清澈明亮，居然会下雨。北欧的天气真是糟透了。芦苇总是喜欢下雨，但那只是因为她自私。”

又一滴水落下来。

“一座雕像如果不能挡雨，那它还有什么用呢？”他说，“我得另找一个好的烟囱顶管。”他决定飞走。

但他还没来得及张开翅膀，第三滴水落了下来。他仰起头，看见——他看见了什么呢？

快乐王子的眼睛里噙满了泪，泪水正顺着他金色的脸颊往下淌。月光下，他的脸那么美，让小燕子对他充满了同情。

“你是谁?”他说。

“我是快乐王子。”

“那你为什么哭呢?”燕子问,“你把我淋湿了。”

“当我活着并且有一颗人心的时候,”雕像答道,“我不知道眼泪是什么,因为我住在无忧宫里[①],那里面忧愁是进不去的。白天我和同伴们在花园里玩耍,晚上我在大殿里领舞。花园周边围着一道巍峨的高墙,我却从没有想到要问一问,墙外是怎样的一片天地,我眼前的一切都那么美。大臣们叫我快乐王子,我确实很快乐,如果高兴就是幸福的话。我就这样活着,这样死去。我死了,他们就把我放在这儿,这儿这么高,我的城里的一切丑恶和苦难都收进了我的眼底。虽然我的心是铅做的,我也忍不住,只能哭出来。”

“什么!他不是纯金的?”燕子暗自思忖道。他

---

① 无忧一词原文为法语,Sans – Souci。

非常有礼貌,不会把个人的评论大声说出来。

“远处,”雕像用低低的、音乐般的声音说道,“在远处一条小街上,有一户贫苦的人家。一扇窗开着,透过它我看得见一个女人坐在桌旁。她的脸消瘦憔悴,双手粗糙发红,布满了针眼,因为她是个裁缝。她正在一件绸缎礼服上绣西番莲花,那是王后最可爱的侍女要在下一次宫廷舞会上穿的。房间角落里一张床上,躺着她生病的儿子。他发烧了,想要吃柑橘。他母亲除了河水之外,没有东西可以给他,所以他在哭。燕子,燕子,小燕子,你愿意把我剑柄上的红宝石送过去给她吗?我的脚固定在这基座上,我动不了。”

“埃及有人在等我,”燕子说,“我的朋友们正沿着尼罗河飞来飞去,和那朵大莲花谈话。不久,他们就要到那个伟大国王的坟墓里去睡眠。国王本人在里面,躺在彩绘的棺木中。他裹在黄色的亚麻布里,身上涂了防腐的香料。他的脖子上围着一根淡绿的翡翠项链,他的双手像枯萎的树叶。”

“燕子,燕子,小燕子,”王子说,“你就不肯陪我一夜,做一回我的使者？那男孩那么渴,他的母亲那么悲伤。”

“我认为我不喜欢男孩,”燕子答道,“去年夏天,我待在河上的时候,有两个粗野的男孩——磨坊主的儿子,老是向我扔石头。当然,他们从来不曾打中过我。我们燕子飞翔的本领太高了,不可能被打中的。此外,我出身于一个以敏捷闻名的家族。不过,那仍然给人一种无礼的印象。”

可是快乐王子的神情那么悲哀,小燕子觉得很难过。“这儿天气非常冷,”他说,“但我愿意陪你一夜,做一回你的使者。”

“谢谢你,小燕子。”王子说。

于是燕子从王子的剑柄上啄下那一颗红宝石,衔在嘴里,腾空而起,从一片片屋顶上方,飞向远处。

他飞过大教堂的塔楼,塔楼上有白色大理石的天使雕像。他飞过王宫,听见王宫里有跳舞的声音,看见一个美丽的姑娘和她的情人走到外面的阳台上来。“星星多么神奇哟,”他对她说,“爱的力量多么神奇!”

“希望我的礼服能及时做好,赶上豪华舞会,”她回应道,“我叫人在上面绣西番莲花,可是那些裁缝懒得很。”

他从河流上空飞过,看见船桅上挂着灯笼。他飞过犹太人居民区,看见一些年老的犹太人在互相讨价还价,用铜天平称钱币。最后他来到那户贫苦的人家,向屋子里望去。那男孩发着烧,在床上翻来覆去;他的母亲趴在桌上睡着了,她太累了。他跳进窗里,把那颗红宝石放在桌上那女人的针箍旁边。然后他绕着床,轻轻地飞着,用翅膀给男孩的额头扇风。“好凉快,”男孩说,“我一定是好些了。”慢慢地,他沉入怡悦的睡眠中去了。

燕子飞回到快乐王子身边,向他叙说了自己做过的事。“真奇怪,”他发议论道,“天这么冷,我却感到十分暖和。”

“那是因为你做了一件好事。”王子说。小燕子动起脑筋来,然后就睡着了。他总是一动脑筋就要睡觉。

天光破晓之后,他飞下河去洗了个澡。"一个多么异常的现象,"鸟类学教授从桥上走过,看见后说道,"冬天居然有一只燕子!"他就此写了一封长信,寄给当地的报纸。人人都来引用这篇文章,虽然里面有那么多字眼他们并不理解。

"今晚我就动身去埃及。"燕子说,这前景让他精神振奋。他参观了城里各处的纪念性公共建筑,还在教堂的尖顶上栖息了很长时间。无论他飞到哪儿,麻雀们都叽叽地喧嚷起来,议论道:"这是一位多么显贵的异乡人!"因此他感到非常得意。

月亮升起来之后,他飞回到快乐王子身边。"你在埃及有什么事要代办吗?"他喊道,"我马上就要动身了。"

"燕子,燕子,小燕子,"王子说,"你就不肯再陪我一夜吗?"

"埃及有人在等我,"燕子说,"明天我的朋友们要飞到第二大瀑布去。那儿河马卧在宽叶香蒲中间，门农神[①]坐在巨大的花岗岩上。他整夜守望着繁星，每当晨星闪亮时，他就发出一声快乐的大叫，然后就沉静了。正午时分，黄色的狮子们到河边来饮水。它们的眼睛像绿色的柱石，它们的吼声比瀑布的声音还要大。”

“燕子，燕子，小燕子，”王子说，“我看见远远地在城市另一头，有一个住在阁楼里的年轻人。他埋着头坐在一张堆满纸的桌子跟前，身旁的大玻璃杯里插着一束枯萎的紫罗兰。他有一头棕色的鬈发，他的嘴唇像石榴一样红艳。他在为剧院的导演完成一个剧本，但是他太冷了，无法再写下去。炉子里没有火，饥饿使他晕眩。”

“我就再等一夜，陪陪你，”燕子说，他的心肠真好，“我给他也送一颗红宝石去？”

---

① 门农为古希腊神话中的埃塞俄比亚人之王，在特洛伊战争中为希腊最伟大的英雄阿基里斯所杀，死后主神宙斯赐其永生。此处指的是古埃及底比斯附近一座巨大的石像，每天日出时发出竖琴声，公元170年经罗马皇帝修复后不再发声。

“唉！我已经没有红宝石了，”王子说，“我剩下的宝物就只有我的一双眼睛。它们是用稀有的蓝宝石做的，一千年前从印度出产。取下我一只眼睛，给他送去，他就可以把它卖给珠宝商，买来食物和木柴，完成他的剧作。”

“亲爱的王子，”燕子说，“我不能那么做。”他哭起来。

“燕子，燕子，小燕子，”王子说，“照我的要求去做吧。”

于是燕子摘下王子的一只眼睛，起身向着年轻人住的阁楼飞去了。房顶上有个洞，很容易进屋，他就扎下去，进了阁楼。年轻人用手抱住头，所以他没有听见鸟儿的翅膀振动的声音。他抬起头来时，看见了枯萎的紫罗兰旁边那颗美丽的蓝宝石。

“我开始得到赏识了，”他嚷道，“这是一个眼力非凡的仰慕者送来的，现在我可以完成我的剧作了。”他露出了十分快乐的表情。

第二天燕子到港口去飞了一圈。他栖息在一艘大船的桅杆上，看着水手们用绳子把许多大箱子从船舱里拽出来。“嗨哟——拉！”每一只箱子上来时他们都这样喊着号子。“我要去埃及了！”燕子大声说，但是没有人留意他。月亮升起后，他又飞回到快乐王子身边去了。

“我是来和你告别的。”他大声说。

“燕子，燕子，小燕子，”王子说，“你就不肯再陪我一夜吗？”

“已经是冬天了，”燕子答道，“这儿不久就要下寒冷的雪。在埃及，温暖的阳光照在碧绿的棕榈树上，鳄鱼躺在泥淖里，懒洋洋地望着四周。我的伙伴们正在巴尔贝克神庙[①]里筑巢，粉红色和白色的鸽子在望着他们，一边还咕咕地互相交谈着。亲爱的王子，我必须离开你了，但我永远不会忘记你。明年春天，我会带回两颗美丽的珠宝，代替你送掉

---

① 巴尔贝克含有太阳的意思，为古埃及城市，现位于黎巴嫩境内，巴尔贝克神庙仍存在。

的两颗。新的红宝石会比红玫瑰还要红,新的蓝宝石会像大海一样蓝。”

“在下面的广场上,”快乐王子说,“站着一个卖火柴的小女孩。她不小心把火柴掉在阴沟里,全都糟蹋了。如果她不带点儿钱回去,她父亲会打她。她正在哭,她没有鞋也没有袜子,她的小脑袋上没有帽子。摘下我另一只眼睛给她,她父亲就不会打她了。”

“我会再陪你一夜,”燕子说,“但我不能摘你的眼睛。那样你就完全变成瞎子了。”

“燕子,燕子,小燕子,”王子说,“照我的要求去做吧。”

于是,燕子摘下王子的另一只眼睛,衔着它俯冲下去。他从小女孩身边掠过,把宝石丢在她的掌心里。“多可爱的一块玻璃啊!”小女孩嚷道,欢笑着跑回家去了。

燕子回到王子身边。“现在你成瞎子了,”他说,“所以我要永远陪着你。”

"不,小燕子,"可怜的王子说,"你必须走,去埃及。"

"我要永远陪着你。"燕子说,然后在王子脚边睡着了。

第二天,他栖息在王子的肩头,给王子讲他在一些奇怪的国家里见过的事情。他说到红色的朱鹭,那种鸟在尼罗河岸上站成长长的一排一排,用它们的喙捉金鱼。他说到斯芬克斯①,它和世界本身一样老,住在沙漠里,无所不知,无所不晓。他说到商人,他们在骆驼旁边慢慢地走着,手里攥着琥珀念珠。他说到月亮山②的国王,他像乌木一样黑,崇拜一颗大水晶。他说到睡在棕榈树上的绿色巨蟒,有二十位僧侣用蜜糕喂它。他说到俾格米人③,

---

① 埃及开罗市西侧有一座著名的斯芬克斯像。斯芬克斯是希腊神话中的狮身人面兽,它有一个谜语,谜面是:"早晨用四只脚走路,中午用两只脚走路,傍晚用三只脚走路。"要每一个过路人猜,猜不中的人会被它吃掉。谜底是"人"。

② 即月球山脉,它是尼罗河的源头,在非洲国家乌干达境内。

③ 古代传说和历史所述中的居住在埃塞俄比亚和印度的矮人。

他们坐在扁平的大树叶上驶过大湖,老是和蝴蝶打仗。

“亲爱的小燕子,”王子说,“你讲了许多奇事,但比一切更奇的,是男男女女所受的苦。没有事物比苦难更不可思议。在我的城里到处飞一圈,小燕子,然后告诉我你看到的事。”

于是燕子飞到这大城的上空,看见富人们在他们漂亮的宅子里寻欢作乐,而乞丐却坐在门外。他飞进阴暗的小巷,看见饥饿的孩子们探出苍白的小脸,无精打采地望着污秽的街道。在一座桥的桥拱下,有两个小男孩互相依偎着取暖。“真饿呀!”他们说。“你们不要躺在这儿。”巡守人吼道,他们只好从桥洞里出来,漫无目的地走进雨中。

燕子飞回去,把看到的事说给王子听。

“我身上贴满了纯金的叶子,”王子说,“你把它们一片一片揭下来,送给我的穷人们;活着的人,总是认为金子能让他们快乐。”

燕子把纯金叶子一片一片揭下来，最后快乐王子成了一副灰暗呆滞的模样。燕子把纯金叶子一片一片送去给穷人，孩子们的脸变红润了，他们欢笑着在街上玩耍。“我们现在有面包了！”他们快活地嚷道。

不久，下雪了，雪过后是冰冻。一条条大街看上去就像银子铺成的一样，亮晶晶的，闪烁着白光；长长的冰凌如同水晶的短剑，悬挂在屋檐上；在街上走动的人一个个全都穿着皮衣，小男孩们戴着绯红色的帽子，在外面溜冰。

可怜的小燕子越来越冷，但他不愿离开王子，他太爱他了。他乘面包师不注意的时候，在面包店门口捡面包屑吃，拍动翅膀来保持身体暖和。但是最后他知道，他就要死了。他的力气刚够他最后一次飞到王子的肩头。“再见，亲爱的王子！”他喃喃地说，“我可以吻一吻你的手吗？”

“我很高兴你终于要去埃及了，小燕子，”王子说，“你在这儿耽搁太久了，不过你得吻我的嘴，因为我爱你。”

“我要去的不是埃及，”燕子说，“我要去死神的寓所了。死神是睡神的兄弟，不是吗？”

他吻了快乐王子的嘴唇，掉到他脚下，死了。

就在这一刻，雕像内部响起了一阵奇特的咔嚓声，好像有什么东西破裂了。事实就是，那颗铅心碎成了两半。那确实是一个冷得可怕、冻得要命的冬天。

第二天一大早，在市议员们的陪同下，市长在雕像下面的广场上散步。经过圆柱时，他抬起头来看看雕像：“天哪！快乐王子的模样多么寒酸哟！”他说。

“确实是太寒酸了！”市议员们嚷嚷道，他们一向都赞同市长的意见。大家都抬起头来看。

“他剑上的红宝石掉了，他的眼睛不见了，他身上的金子没有了，”市长实事求是地说，“他比乞丐好不了多少哟！”

“比乞丐好不了多少！”市议员们说。

“他脚下居然还有一只死鸟!”市长接着说道,“我们确实有必要颁布一项声明,禁止鸟儿死在这个地方。”这个提议被市府秘书动笔记了下来。

于是他们推倒了快乐王子的雕像。“他既然不再美丽,就不再有用了。”大学的艺术教授说。

然后他们把雕像放到炉子里去融化。市长召开了一次市政会议,讨论决定得到的金属派什么用途。“我们得新建一座雕像,”他说,“该是我的雕像。”

“该是我的雕像。”每一位市议员都说,他们争吵起来。我最近一次得到的消息说,他们仍然在争吵不休。

“多么奇怪的事情!”铸造厂的监工说,“这颗破裂的铅心在炉子里化不掉。得把它扔了。”于是他们把它扔到了一个灰堆上,正好死去的燕子就躺在那儿。

“把那城里最宝贵的两样东西拿上来给我。”上帝对天使说。天使就给他拿来了铅心和死鸟。

“你的选择是对的,”上帝说,“因为在我的花园里这只小鸟将永远歌唱,在我黄金的城里快乐王子将对我赞美和颂扬。”

夜莺和玫瑰

“她说,如果我送她红玫瑰,她就和我跳舞,”年轻的大学生嚷嚷道,“但是我的整个花园里一朵红玫瑰也没有。”

夜莺在圣栎树上的巢里听见了,透过树叶向外面窥望着,心里面很好奇。

“整个花园里没有一朵红玫瑰!”他嚷道,漂亮的眼睛里含着泪水,“幸福竟维系在这么小的事情上!我读过所有智者写的书,掌握了所有的哲学秘密,却因为缺少一朵红玫瑰,人生陷入了不幸。”

“终于看到一个真爱的人了,”夜莺说,“虽然先前我并不认识那样一个人,我却一夜又一夜地歌唱他,向星星讲他的故事,现在我终于见到他了。他的头发像风信子的花一样黑,他的双唇像他向往的红玫瑰一样红,但是激情使他的脸苍白得如同象牙,忧伤在他的眉宇间烙下了印记。"

"明晚王子要开舞会,"年轻的大学生喃喃地说,"我的爱人会去参加。如果我带一朵红玫瑰送给她,她就会和我跳舞到天明。如果我带一朵红玫瑰送给她,就能搂着她,让她的头靠在我肩上,把她的手捏在我手里。但我的花园里并没有红玫瑰,所以到时候我会坐冷板凳,她从旁边走过,对我不理不睬。她不会留意我的存在,我会心碎。"

"倒确实是个真爱的人呢,"夜莺说,"我所歌唱的,正是他受苦的;我心目中的欢乐,对他而言是痛苦。爱真是神奇哦,它比翡翠更珍奇,比圆润的蛋白石更昂贵,用珍珠和石榴换不来它,市场上觅不着它,从商人那儿买不到它,也不能把它放在天平上称了,兑成金子。"

"乐师们会坐在他们的廊台里,"年轻的大学生说,"用他们的弦乐器演奏,我的爱人会随着竖琴和小提琴的乐声起舞。她的舞姿是那么轻盈,仿佛双脚没有挨到地板似的。身穿华丽礼服的大臣们,会簇拥在她周围。但她不会和我跳舞,因为我没有红玫瑰给她。”他扑倒在草地上,双手蒙住脸,哭泣着。

“他为什么哭呢?”一条绿色的小蜥蜴竖着尾巴从他身边跑过去,问道。

“真是的,哭什么呢?”一只蝴蝶追着一束阳光飞舞着,说道。

“真是的,哭什么呢?”一枝雏菊用柔柔的、低低的声音,悄悄地对邻居说。

“他哭,是因为想要一朵红玫瑰。”夜莺说。

“想要一朵红玫瑰?”他们嚷道,“多荒唐哦!”喜欢冷嘲热讽的小蜥蜴,毫不顾忌地大笑起来。

但是夜莺知晓大学生心里的忧伤,她静静地栖在橡树上,思索着爱的神秘。

突然,她展开棕色的翅膀,嗖地飞到了空中。她像影子一样掠过小树林,又像影子一样滑翔着穿过了花园。

草坪中央站着一棵美丽的玫瑰树,她看见后飞到树的上空,栖落在一根小花枝上。

"给我一朵红玫瑰,"她大声说道,"我会为你唱我最甜美的歌。"

但是玫瑰树摇摇头。

"我的玫瑰是白色的,"玫瑰树答道,"像大海的泡沫一样白,比高山上的积雪还要白。去看看我长在老日晷旁边的兄弟吧,也许他会给你想要的东西。"

于是夜莺飞到了长在老日晷旁边的玫瑰树跟前。

"给我一朵红玫瑰,"她大声说道,"我会为你唱我最甜美的歌。"

但是玫瑰树摇摇头。

"我的玫瑰是黄色的,"玫瑰树答道,"像坐在琥珀宝座上的美人鱼的头发一样黄,比刈草人带着长镰来到之前盛开在草甸子上的水仙花还要黄。去看看我长在大学生窗下的兄弟吧,也许他会给你想要的东西。”

于是夜莺飞到了长在大学生窗下的玫瑰树跟前。

“给我一朵红玫瑰，”她大声说道，“我会为你唱我最甜美的歌。”

但是玫瑰树摇摇头。

“我的玫瑰是红色的，”玫瑰树答道，“像鸽子的脚一样红，比海洋的巨穴中不断拂动的珊瑚巨扇还要红。但是冬天冻住了我的脉管，冰霜啮去了我的花蕾，风暴摧折了我的树枝，今年一整年，我都不会开玫瑰花了。”

“我只要一朵红玫瑰，”夜莺大声说，“一朵红玫瑰就行了！就没有办法得到这一朵玫瑰了吗？”

“倒是有一个办法，”玫瑰树答道，“但是太可怕了，我不敢告诉你。”

“告诉我吧，”夜莺说，“我不害怕。”

“你若想要一朵红玫瑰，”玫瑰树说，“就必须在月光下用音乐把它造出来，并且用你自己心中的血把它染红。你必须胸脯顶着我一根刺,对我唱歌。你必须对我唱一整夜,那根刺必须刺进你的心,让你的生命之血流进我的脉管,变成我的血液。"

"为了一朵红玫瑰付出生命,这代价太大了,"夜莺嚷道,"对于任何人,生命都是非常宝贵的。憩息在郁郁葱葱的树林里,看太阳驾着他那黄金的战车,看月亮赶着她那珍珠的战车,是一件多么愉快的事。山楂的气息是那么芬芳;在山谷里隐匿着的蓝莓,在小山上开着花的石南,都那么香甜。可是爱比生命更重要,而且,鸟儿的心和人的心相比,算得了什么呢?"

于是她展开棕色的翅膀,嗖地飞到了空中。她像影子一样掠过小树林,又像影子一样滑翔着穿过了花园。

年轻的大学生仍然躺在草地上,仍然在她离开时他待的地方。他的美丽的眼睛里,泪水还没有干。

"快乐些,"夜莺大声说,"快乐些,你会得到你想要的红玫瑰的。我会在月光下用音乐把它造出来,并且用我自己心中的血把它染红。我只要你一个回报,那就是做一个真爱的人。因为,虽然哲学有智慧,爱却比哲学更有智慧;虽然权力很有力量,爱却比权力更有力量。爱的翅膀是火焰的颜色,爱的躯体也是火焰的颜色。爱的唇像蜜一样甜,爱的呼吸像乳香一样。”

大学生从草地上仰望着,倾听着,但他听不懂夜莺对他所说的话,因为他只知道书本上写下的东西。

但橡树是听得懂的,因为他非常喜爱小夜莺,她的巢就筑在他的树枝上。

“最后唱一次歌给我听吧,”他悄声说道,“你去了以后,我会感到很孤独的。”

于是夜莺对着橡树唱起来,她的声音宛若银罐里沸腾的水声。

她唱完后,大学生站起来,从口袋里掏出一个笔记本、一支铅笔。

“她有形体,”他一边从小树林里往外走,一边对自己说，“这不可否认；可是她有感情吗？恐怕不会有吧。其实，她跟所有的艺术家一样；她气派十足，却没有丝毫真诚。她不会为别人牺牲自己。她心里想着的只有音乐，人人都知道，艺术家是自私的。不过还是必须承认，她的声音里有些美丽的调子，只可惜它们没有任何意义，也没有一点儿实际的用处。”他走进自己的房间，躺在简陋的小床上，开始思念他的爱人；过了一会儿，睡着了。

月亮照耀在天上的时候，夜莺飞上玫瑰树，将胸脯顶在一根刺上。她将胸脯顶在刺上，歌唱了一整夜，清冷的、水晶般的月亮俯身倾听着。她歌唱了一整夜，胸脯顶在刺上，刺越扎越深，她身体里的生命之血越流越少。

起初她歌唱的是一双少男少女心中爱情的诞生。玫瑰树最顶端的小树枝上开出了一朵奇妙的玫瑰，随着一支歌接一支歌地唱，那朵花一个花瓣接着一个花瓣地开。起初是浅白的，宛若悬浮在河面上的雾，如同晨光女神的双足一样苍白，像黎明女神的翅膀一样泛着银光。玫瑰树最顶端那根小树枝上开放的玫瑰哦,宛若银镜中的玫瑰镜像,宛若一池碧水中倒映的玫瑰花影。

但是玫瑰树叫夜莺把胸脯在刺上顶紧些。“顶紧些,小夜莺,”玫瑰树嚷道,“否则玫瑰花还没有开完,白昼就来临了。”

于是夜莺把胸脯更紧地顶在刺上,她唱得越来越响亮,因为现在,她在唱一对青年男女灵魂里激情的诞生。

玫瑰的花瓣上呈现出了娇美的红晕,就像新郎吻新娘的唇时,新郎脸上的红晕一样。但是刺还没有抵达夜莺的心,所以玫瑰的心仍然是白的,因为只有夜莺心中的血,才能把玫瑰的心染红。

玫瑰树叫夜莺把胸脯在刺上顶紧些。“顶紧些,小夜莺,”玫瑰树嚷道,“否则玫瑰花还没有开完,白昼就来临了。”

于是夜莺把胸脯更紧地顶在刺上,刺触到她的心,顿时一阵剧烈的刺痛穿透了她的全身。她痛得越厉害越厉害,她的歌声就越激昂越激昂,因为现在,她唱的是死神使之完美的爱,在坟墓里也不死的爱。

那朵奇妙的玫瑰变成了绯红色,就像东方玫瑰色的朝霞。环绕花心的花瓣是绯红的,玫瑰花心红得像红宝石。

但是夜莺的声音越来越弱了,她的小翅膀开始扑扇,一层薄翳罩上了她的眼睛。她的歌声越来越微弱,她感觉到有什么东西堵在了喉咙口。

然后她迸发出了最后的歌声。洁白的月亮听到这歌,忘记了黎明已经来到,依然羁留在天上。开放的红玫瑰听到这歌,在狂喜中浑身颤抖起来,张开了花瓣迎向清冷的晨风。回音将这歌带回到她紫色的山洞里,把熟睡的牧羊人从梦中唤醒。它飘荡着从河边的芦苇丛中穿过,芦苇把它的消息带向了大海。

"看哪,看!"玫瑰树喊道,"玫瑰花已经开完了。"但是夜莺没有答话,因为她躺在长长的青草上,已经死了,她的心上扎着那根刺。

正午时分,大学生打开窗户,向外面看。

“哇,多么好的运气!”他嚷道,“这儿有一朵红玫瑰!我一辈子都从没见过这样一朵玫瑰呢。太美了,我敢肯定,它一定有一个很长的拉丁文名字。”他俯下身去,把玫瑰摘了下来。

然后他戴上帽子,手里拿着玫瑰,向教授家跑去。

教授的女儿坐在门口,手里拿着个线轴正在绕蓝丝线,她的小狗趴在她脚边。

“你说过,如果我送你一朵红玫瑰,你就会和我跳舞,”大学生大声说道,“这是全世界最红的玫瑰。今晚你把它别在心口,我们一起跳舞的时候,它会告诉你,我有多么爱你。”

可是姑娘皱起了眉头。

“恐怕它和我的衣服不搭配哦,”她答道,“还有呢,宫廷内侍的侄子送了我一些真的珠宝,人人都知道,珠宝比花儿值钱多了。”

“唔，要我说呀，你真是个忘恩负义的人。”大学生很生气地说。他把那朵玫瑰扔到了大街上，不巧它落在沟槽里，一只马车轮子从上面压了过去。

“忘恩负义！”那姑娘说，“我老实告诉你，你很无礼；说到底，你算老几哟？只是个大学生而已。嗯，宫廷内侍的侄子鞋子上有银带扣，我相信你连这个也没有。”说完她从椅子里站起身来，进了屋子。

“爱是个多么愚蠢的东西哟，”大学生一边走开去，一边说，“它连逻辑学的一半用处都没有，因为它不能证明任何事情，它总是告诉人不会发生的事，叫人相信不真实的东西。事实上，它是完全不实际的，在这个时代，讲求实际就是一切，我还是回到哲学里去，研究研究形而上学吧。”

于是他回到房间里，拿出一本落满灰尘的大书，开始读。

自私的巨人

每天下午，孩子们放学后，都喜欢到巨人的花园里去玩。

那是一个可爱的大花园，里面长着柔嫩的青草。青草上面，到处有星星似的美丽花朵亭亭玉立着。园子里还长着十二株桃树，在春天的时光里盛开出娇美的粉红色和珍珠白的花朵，在秋天结出丰硕的果实。鸟儿栖息在树上，对着孩子们唱出甜美无比的歌，引得他们停下游戏，听它们歌唱。“我们在这儿多快乐啊！”他们这样对彼此叫嚷着。

一天，巨人回来了。他离家去拜望一个朋友，就是康沃尔郡[1]那个食人魔，他在食人魔那儿住了

---

① 英国的一个郡，位于英国南部。

七年。七年后,他把非说不可的话都说完了——要知道他说话的能力有限——就决定返回自己的城堡。他回到家时,正好看见孩子们在花园里玩。

“你们在这儿干什么?”他粗声粗气地说,孩子们就呼啦一下逃走了。

“我自己的花园就是我自己的花园,”巨人说,“这一点谁都能弄明白,除了我自己,谁也不许在这里玩耍。”于是他在花园周围建了一道高墙,并且竖了一块告示牌。

闲人莫入 违者法办

他是一个很自私的巨人。

可怜的孩子们现在没有地方玩耍了。他们试着在路上玩,可是路上灰尘很大,而且布满了很硬的石子儿,他们不喜欢。上完课后,他们经常在高墙外面逛来逛去，谈论着墙里面的美丽花园。“在那儿我们曾经多么快乐哦！”他们这样对彼此说道。

春天来了，乡间到处开着小花儿，到处飞着小鸟儿。只有自私的巨人的花园里仍然是冬天。里面没有孩子，鸟儿们就不高兴唱歌，树木也忘了开花。只有一朵美丽的花儿从草丛里探出头来，但是它看见告示牌后，为孩子们感到很难过，就悄悄地缩回到地下，闭上眼睛睡大觉。唯一感到高兴的只有雪和霜。“春天已经遗忘这个花园，”她们嚷道，“这样我们就可以一年到头住在这儿了。”雪用她那巨大的白色斗篷遮盖住了青草，霜给所有的树涂上了银色。然后她们邀请北风来和她们同住，他就来了。他裹着一身裘皮，整天在花园里到处吼叫着，把烟囱管帽也吹倒了。“这是个令人愉快的地方，”他说，“我们一定要叫冰雹来做客一回。”冰雹就来了。他每天在城堡的屋顶上格嗒格嗒地蹦跶三小时，最后把石板瓦踩碎了一大半。然后他以最快的速度，在花园里绕着圈子不停地疯跑。他穿着灰色的衣裳，他的呼吸就像冰。

“搞不懂，为什么春天来得这样迟，”自私的巨人说，他坐在窗前，望着外面白花花冷冰冰的花园，“希望天气会有个变化。”

但是春天始终没有来，夏天也没有来。秋天给每一个花园带来了金色的果实，却没有给巨人的花园一个果子。“他太自私了。”她说。于是呀，那花园里一直是冬天，只有北风和冰雹，还有霜和雪，在一棵棵树之间穿来穿去跳舞。

一天早晨，巨人睁着眼睛躺在床上，忽然听见外面响起了动人的音乐。乐声那么甜美悦耳，他以为一定是国王的乐队从这儿路过。其实，那只是一只小小的朱顶雀在窗外唱歌；但他已经很久很久没有听见鸟儿在花园里歌唱了，所以在他听来，那歌声仿佛是世界上最美的音乐。这时，他头顶上的冰雹停止了跳舞，北风也停止了吼叫，透过敞开的窗扉，一阵怡人的芳香向他飘来。“肯定是春天，她终于来了。”巨人说道，他跳下床，向外面望去。

他看见了什么呢?

他看见了一个最美妙的景象。孩子们从高墙下面的一个小洞爬了进来,一个个都坐在树枝上。他看见,每一棵树上都坐着一个小孩儿。孩子们回来了,那些树真是高兴,都披上了满树的鲜花,轻轻地在孩子们头顶上挥舞着手臂。鸟儿们到处飞翔着,叽叽喳喳快乐地啁啾着。花儿们从绿草丛中仰起头来望着,开心地笑着。这是一个动人的景象,只剩下一个角落里仍然是冬天。花园最偏远的一个角落里,站着一个小男孩。他太小了,伸手够不着树枝,就在那角落里转悠着,哭得很伤心。那棵可怜的树,身上依然盖满了霜和雪,北风在它头顶上呼呼地吹着,吼着。“爬上来呀,小男孩。”树说,它尽可能低地弯下树枝,但是那男孩太小了。

巨人向窗外望着望着,他的心融化了。“我多么自私哟!”他说,“现在我明白为什么春天不肯来这儿了。我要把那可怜的小男孩放到树上去,然后把围墙推倒,我的花园将永远永远是孩子们的游乐场。”对于自己过去的行为，他真的感到十分后悔。

于是他下了楼，很轻很轻地打开前门，走出去，来到花园里。但孩子们一看见他就吓坏了，呼啦一下全都逃开，花园里又变成了冬天。只有那个小男孩没有跑，因为他眼睛里噙满了泪水，没有看见巨人来到。巨人悄悄地溜到他身后，轻轻地用一只手把他举起来，放到树上。那棵树立刻绽放出了鲜花，鸟儿飞过来，栖在树上唱起了歌。小男孩张开双臂，一下子抱住巨人的脖子，吻了他。别的孩子们看到巨人不再凶恶，就都跑了回来，春天也跟着他们回到了花园。“花园现在是你们的了，小孩儿们。”巨人说道，他拿起一柄巨斧，把围墙砍倒了。十二点钟人们去市场时，发现巨人在同孩子们一起玩耍，在一个他们平生见过的最华丽的花园里。

他们玩了一整天，黄昏时分，孩子们都来到巨人跟前，向他告别。

“但是你们的小伙伴呢？”他说，“我放到树上的那个男孩在哪儿？”巨人最爱那个孩子，因为那个孩子吻过他。

“我们不知道，”孩子们答道，“他已经离开了。”

“你们一定要告诉他，明天他一定要来这儿。”巨人说道。但是孩子们说，他们不知道他住在什么地方，先前也从来不曾见过他。巨人感到很伤心。

每天下午放学后，孩子们就来和巨人一起玩。但是巨人所爱的那个小男孩再也没有出现过。巨人仁爱地对待孩子们，但他非常想念他的第一个小朋友，经常说起他。“我多想见见他呀！”他总是这样说。

岁月流逝，巨人变得很老、很孱弱了。他再也不能和孩子们一起玩耍，就坐在一张巨大的扶手椅里，看着孩子们做游戏，欣赏着自己的花园。“我有许多美丽的花儿，”他说，“但所有花朵中最美丽的，是这些孩子。”

一个冬天的早晨，他边穿衣服边望着窗外。现在他已经不恨冬天了，因为他知道，冬天只不过是春天在睡眠，花儿们在休息。

突然,他惊讶地揉了揉眼睛,盯着外面看了又看。那确实是一个奇妙的景象。花园最偏远的一个角落里有一棵树,开了满树可爱的白色花朵,树枝完全是黄金的,金枝上坠着白银的果子,树下站着他所爱的那个小男孩。巨人在巨大的欢乐中跑下楼,走出城堡,进了花园。他急急忙忙穿过草地,向那孩子近前走去。来到离孩子十分近的地方时,他的脸因为气愤涨得通红,他说:"谁那么大胆,竟敢伤害你?"因为那孩子的两只手掌上有钉子钉过的印记,两只小脚上也有钉子钉过的印记①。

"谁那么大胆,竟敢伤害你?"巨人嚷道,"告诉我,我要拿着我的长剑,去把他杀了。"

"不!"孩子答道,"这些是爱的伤痕呀。"

"那么你是谁呢?"巨人说,一种奇异的敬畏感突然向他袭来,他跪倒在小孩儿面前。

孩子向巨人微笑着,对他说:"有一回你让我在

---

① 这个孩子就是耶稣,这里的描述暗指耶稣曾被钉在十字架上。

你的花园里玩过,今天你要跟我去我的花园了,那是天国的乐园。”

那天下午孩子们跑进花园里时,发现巨人躺在树下,他已经死了,身上铺满了白色的花朵。

忠实的朋友

一天早晨，老水鼠把脑袋探到洞口外面。他长着亮晶晶的小圆眼睛、硬扎扎的灰色胡须，尾巴就像一长条黑色印度橡胶。小鸭子们在池塘里游来游去，那样子就像一群黄色的金丝雀；他们的母亲，全身纯白，长着一双真正的红腿，正在教他们怎样在水中头朝下倒立。

“除非你们能倒立，否则永远进不了最上等的社交界。”她不断地这样对他们说着，还不时地给他们做示范。但是小鸭子们的注意力并不在她身上。他们太年轻了，根本就不了解进入社交界的好处。

“多么不听话的孩子！”老水鼠喊道，“真应该淹死他们。”

"别这样说,"母鸭回应道:"凡事都有个开头,做父母的不能没有耐心。"

"啊!对于做父母的感情我一无所知,"水鼠说,"我不是个有家室的男人。其实,我没有结过婚,也从来没有打算结婚。从某个角度看,爱情挺不错,但友谊却高尚得多。说实在的,我不知道世界上还有什么东西,比忠实的友谊更高贵、更难得。"

"作为忠实的朋友有些什么义务呢?请教一下你的看法。"一只绿衣朱顶雀问道,她就栖息在旁边一棵柳树上,刚才的谈话她都听到了。

"是啊,这正是我想知道的。"母鸭说,然后她就游开了,游到池塘尽头,来了个倒立,给她的孩子们做一个良好的示范。

"多么愚蠢的问题!"水鼠嚷道,"我当然希望忠实的朋友对我忠实。"

"那你怎样回报忠实的朋友呢?"那小鸟儿一边说,一边扑楞着他的小翅膀,在一根银色的小树枝上荡着秋千。

“我不明白你的意思。”水鼠答道。

“我来给你讲个故事吧，关于这个题目的。”朱顶雀说。

“你的故事与我有关吗？”水鼠问，“如果有关，我很愿意听，因为我极喜欢小说。”.

“这故事可以用在你身上。”朱顶雀答道，他飞下来，落在池塘边，开始讲忠实的朋友的故事。

“从前，”朱顶雀说，“有个诚实的小家伙，名字叫汉斯。”

“他很出名吗？”水鼠问。

“不，”朱顶雀答道，“我认为他一点儿也不出名，只是心肠特别好，还有，他那张圆脸总是和颜悦色，很有趣。他独自一人，住在一所一丁点儿小的茅屋里，每天在他的花园里干活。那一带乡间，没一个花园有他的花园那么可爱。里面长着温柔的威廉，吉莉的花儿，牧羊人的钱袋和法兰西漂亮少女[1]。园子里还有淡红色玫瑰和黄玫瑰，淡紫色藏红花和金色藏红花，紫色紫罗兰和白色紫罗兰。许多的花儿，耧斗菜和碎米荠，墨角兰和野罗勒，黄花九轮草和鸢尾花，水仙和麝香石竹，按照季节依次开放；一种花刚谢，另一种紧接着就开了，所以花园里永远看得到美丽的景致，永远闻得到怡人的芬芳。

“小汉斯有好多好多朋友，不过里面最忠实的要算磨坊主大休。富有的磨坊主对小汉斯确实够忠实的，他从小汉斯的花园边经过时，没有一次不把上身探进墙垣，摘走一大束花儿，或者薅走一把香草；在有果子的季节，他一定会给自己的口袋里装满梅子和樱桃。

“‘真正的朋友是应该样样东西都共享的。’磨坊主总是这样对小汉斯说，小汉斯就点头、微笑，为自己拥有这样一个思想高贵的朋友而骄傲。

---

① 这些都是花的别称，依次为美洲石竹、紫罗兰、荠菜和法兰西玫瑰。

“说实在的，有时啊，邻居们觉得奇怪：磨坊主那么有钱，磨坊里存着一百包面粉，还有六头奶牛和一大群绵羊，却从不回赠小汉斯一丁点儿东西。可汉斯不愿意费脑子想这些，而且磨坊主时常给他讲些美妙的事，说明真正的友谊是无私的。没有什么事比磨坊主的言辞能给汉斯更大的乐趣。

“所以小汉斯不停地在花园里劳作。春天、夏天和秋天，他都很快乐；可是冬天来临后，他就没有果子或者花儿拿到市场上去卖了。他又冷又饿，非常遭罪，常常没有晚饭，只好吃点儿干了的梨子或者硬坚果，就上床睡觉。而且，冬天的时候他是极孤单的，因为这段时间磨坊主从来不去看他。

“‘雪没有化的时候，我去看小汉斯是没有好处的，’磨坊主总是对他妻子说，‘因为人遇到麻烦的时候，应该让他独自待着，不要有访客去打扰他。这至少是我个人对友谊的看法，我相信这看法是对的。所以我要等到春天来临，到时候我去看望他，他就能够给我一大篮子报春花，那样他会很快乐。’

"'你确实很为别人着想呢,'他的妻子答道,她正坐在舒适的扶手椅里,对着一炉旺旺的松木柴火,'确实想得周到。听你谈论友谊真是一种享受。我敢肯定,就是牧师本人,也说不出这么美丽的言辞,尽管他住着三层楼的房子,小指上戴着一枚金戒指。'

"'但是我们不能叫小汉斯到这儿来吗?'磨坊主的小儿子说,'如果可怜的汉斯遇到了麻烦,我会把我的粥给他一半,请他看我的白兔子。'

"'真是个傻孩子!'磨坊主嚷道,'真不知道送你去上学有什么用。你好像什么也没学到。呃,如果小汉斯到这儿来,看到我们家温暖的炉火、丰盛的晚餐和大桶的红酒,他有可能会妒忌的。妒忌是一种最可怕的东西,会损害人的天性。我当然不愿意让汉斯的天性受到损害。我是他最好的朋友,我会永远守护着他,务必不让他受到诱惑,误入歧途。此外,如果汉斯来这儿,他有可能会要求我赊给他一些面粉,那种事我是不能做的。面粉是一回事,

友谊是另一回事，不能混淆在一起。呃，这两个词写法不一样，就意味完全不同的东西。这一点人人都看得出来。’

“‘你说得多好呀！’磨坊主的妻子说，她拿起一个大玻璃壶，给自己倒了点儿热的麦芽酒，‘我真的觉得好困，真就像在教堂里听布道时一样。’

“‘有许多人事情做得好，’磨坊主说，‘但是极少有人话儿说得好，这说明，在做和说这两件事中，说要难得多，也优雅得多。’他隔着桌子，严厉地看着他的小儿子。那孩子羞愧得低下头，脸涨得通红，眼泪冒出来，掉进了茶杯里。无论如何他还小，你们得谅解他哦。”

“故事讲到这儿就结束了吗？”水鼠问。

“当然没有，”朱顶雀答道，“才刚刚开始呢。”

“那你可完全落后于时代了，”水鼠说，“现今讲故事的好手，都从结尾开始讲起，然后讲开场，最后才讲中段。这是新方法。我全是从一个批评家那儿听来的，当时他正和一个年轻人绕着池塘散步。

关于这个问题他讲了长长一大套道理,我敢肯定他是正确的,因为他戴着一副蓝边眼镜,头已经秃了,而且只要那年轻人一发表见解,他就回答一声‘呸!’不过,还是请你继续讲故事吧。我极喜欢那磨坊主。我本人有各种美好的情操,所以我和他之间有很大的共鸣。”

“嗯。”朱顶雀说。他时而用这条腿跳一下,时而又用那条腿跳一下。

“冬天一过去,报春花开始撑开淡黄色花瓣的时候,磨坊主就对他妻子说,他要下山去看小汉斯。

“‘嘿,你的心肠多好哦!’他妻子嚷道,‘你总是为别人着想。记着带上那只大篮子,装些花儿回来。’

“于是磨坊主用一根粗铁链缚住风车的翼板,胳膊上挎着那只大篮子,下山去了。

“‘早安,小汉斯。’磨坊主说。

“‘早安。’汉斯说,他倚在铲子上,笑得嘴咧到了耳朵。

“‘整个冬天你过得好吗?’磨坊主问。

“‘好,真的挺好,’汉斯嚷道,‘承蒙你好心问我好,你真是太好了。我恐怕得说,冬天我过得挺艰难呢,不过现在春天来了,我所有的花儿都长得很好。’

“‘冬天的时候我们时常说起你,汉斯,’磨坊主说,‘很想知道你过得怎样。’

“‘你们太好心了,’汉斯说,‘我有点儿害怕你们已经把我忘了呢。’

“‘汉斯,你这话叫我惊讶,’磨坊主说,‘友谊是绝不会遗忘的。这就是友谊的美妙之处,但我恐怕你不理解生活中的诗意呢。哟嗬,我说,你的报春花看上去多可爱啊!’

“‘确实很可爱。’汉斯说,‘有这么多报春花,对我来说是一件最幸运的事。我要把它们运到市场去,卖给市长的女儿,换了钱赎回我的手推车。’

“‘赎回你的手推车?你的意思不是说你把它卖掉了吧?干那样的事,多傻哟!’

“‘嗯，事情是这样的，’汉斯说，‘我是被逼无奈呀。你知道，冬天对我来说，是很糟糕的时光，我真的到了没有一文钱买面包的地步。所以我先是把礼拜天穿的最好的外套上的银纽扣卖了，然后卖掉了银链子，又卖掉了我的大笛子，最后才把手推车卖了。但是现在，我要去把它们全赎回来。’

“‘汉斯，’磨坊主说，‘我把我的手推车送给你。它保养得不是很好；实际上，车子的一边已经没有了，车轮的辐条也有些毛病；尽管如此，我还是会把它送给你。我知道，我这样做是非常慷慨的，许多许多人会认为我把它送人极其愚蠢，但是我和所有人不一样。我认为，慷慨是友谊的真髓，此外，我自己已经有了一辆新手推车。没错，你可以放下心来，我会把我的手推车送给你。’

“‘嗨，你真是太慷慨了，’小汉斯说，他那张有趣的圆脸快活得放出了满面的红光，‘我很容易就能把它修好，因为我屋子里有一块厚木板。’

“‘一块厚木板！’磨坊主说，‘嗨，我修谷仓的屋顶正需要这样一块厚木板呢。它坏了一个大洞，如果不把洞堵上，谷子就会被淋湿的。幸好你提到了厚木板！常言道，一件好事总是牵出另一件，还真是灵验。我送你手推车，接下来你就送我厚木板。当然，手推车比厚木板值钱得多，但是真正的友谊从来是不计较这个的。请你马上把它拿来吧，我今天就要动手把谷仓修好。'

"'一定要修！'小汉斯大声说，他跑进茅屋，把木板拖了出来。

"'这块木板不是很大，'磨坊主看了看，说道，'恐怕我修了谷仓的屋顶以后，就剩不下什么来给你修手推车了，不过，这当然不是我的错。对了，既然我把手推车送给了你，你肯定很乐意给我一些花儿作为回报。这有一个篮子，你不介意把它装个满满当当吧。'

"'满满当当？'小汉斯说，他有点儿懊恼，因为那实在是一只很大的篮子。他知道，如果把它装满，就剩不下花儿给他自己拿到市场上去卖了，可他正急着要把银纽扣赎回来呢。

“‘嗯，说实在的，’磨坊主答道，‘既然我把手推车送给了你，我想，跟你要一点花儿总不过分吧。也许我想错了，我一直以为，友谊，真正的友谊，是不掺杂一点儿私心的。’

“‘我亲爱的朋友，我最好的朋友，’小汉斯嚷道，‘我花园里的所有花儿，请你随便拿。还是得到你的好看法要紧，至于我的银纽扣，哪天去赎都行。’他赶紧跑过去，把他那些漂亮的报春花全摘了，装进磨坊主的篮子。

“‘再见，小汉斯。’磨坊主说，他肩上扛着木板，手里提着一大篮子花儿，向小山上走去。

“‘再见。’小汉斯说，他十分快活地挖起土来，心里很满意手推车的事。

“第二天，他正在往门廊上钉忍冬藤，路上传来了磨坊主喊他的声音。他赶忙从梯子上下来，跑进花园，隔着墙垣向外张望。

“磨坊主站在墙外，背上驮着一大袋面粉。

"'亲爱的小汉斯,'磨坊主说,'你帮我把这袋面粉背到市场上去,好吗?'

"'哦,非常抱歉,'汉斯说,'今天我实在是很忙。我得把这些藤全钉起来,给所有的花儿浇水,还要把所有的草推平。'

"'唔,说真的,'磨坊主说,'我觉着,我就要把手推车送给你了,你还拒绝我,可有点儿不讲友谊呢。'

"'啊,请别这样说,'小汉斯嚷道,'就算天塌下来,我也不会不讲友谊的。'他跑进茅屋拿了顶帽子戴上,然后就把一大袋面粉扛在肩头,步履艰难地出发了。

"那是个很热的天,路上尘土大得吓人,汉斯还没有走到第六个里程碑,就累得不行了,只好坐下来休息一下。无论如何,他还是勇敢地继续往前走,最后终于走到了市场。他在市场上等了一会儿,就把那袋面粉卖了个好价钱,然后立刻动身回家,因为他害怕耽搁久了,回去的路上会遇到强盗。

“‘今天确实很辛苦，’小汉斯上床的时候对自己说，‘但是我很高兴没有拒绝磨坊主，因为他是我最好的朋友，此外，他还要把手推车送给我呢。’

“第二天一大早，磨坊主下山来取卖面粉的钱，可是小汉斯太累了，躺在床上还没起来。

“‘要我说，’磨坊主说，‘你太懒了。想想看，我就要把手推车送给你了，我觉得你应该更勤快些干活儿才是。懒惰是一宗很大的罪孽，我当然不愿意我的任何朋友懒惰或者闲散。我说话太直率了，你不要介意。当然，如果我不是你的朋友，我是绝不会想到对你说这种话的。但是，如果不能直言不讳，那友谊还有什么用呢？人人都可以溜须拍马说好话，但是真正的朋友永远是逆耳忠言的，不惜惹人生厌。其实，如果他是真正的朋友，就宁愿惹人生厌，因为他知道这是做好事。’

“‘非常抱歉，’小汉斯一边说，一边揉着眼睛，脱下睡帽，‘我太累了，想再躺一会儿，听听鸟儿唱歌。你知道吗，听过鸟儿唱歌之后，我干起活来总

是更有精神！'

"'嗯，听你这样说我很高兴，'磨坊主拍拍小汉斯的背，说道，'因为我要你穿好衣服马上就到小山上磨坊里来，帮我修理谷仓。'

"可怜的小汉斯急着要去自己的花园里干活，因为他的花儿已经有两天没浇水了。但他不愿意拒绝磨坊主，因为磨坊主是他那么好的一个朋友。

"'如果我说我很忙，你会认为我不讲友谊吗？'他询问道，声音又羞又怯。

"'嗯，说真的，'磨坊主答道，'我觉得我并没有要求你太多，想想看，我就要把手推车送给你了。当然，如果你拒绝，我就自己去修。'

"'啊！绝不要这样。'小汉斯嚷道。他跳下床，穿好衣服，就上山去谷仓了。

"他在谷仓工作了一整天，直到日落。日落时分磨坊主来了，来看看工作进展如何。

"'你把屋顶上的洞修好了吗，小汉斯？'磨坊主声音很快活地大声问。

“‘完全修好了。’小汉斯一边回答，一边从梯子上下来。

“‘啊！’磨坊主说，‘做什么工作，也不如为别人干活令人愉快。’

“‘听你谈话确实是一种极大的荣幸，’小汉斯回应道，一边坐下来，擦着额头上的汗，‘非常非常大的荣幸。但我恐怕永远不会有你这些美丽的想法呢。’

“‘哦！你会有的，’磨坊主说，‘但是你要再下点儿苦功。目前你还只有友谊的实践，总有一天，你也会有友谊的理论。’

“‘你真的觉得我会有吗？’小汉斯问。

“‘我确信不疑，’磨坊主答道，‘但是你既然修好了屋顶，最好还是回家去休息吧，因为我要你明天帮我把绵羊赶到大山里去。’

“可怜的汉斯不敢对此说半个不字。第二天一大早，磨坊主就把一群绵羊赶到了茅屋外面，汉斯就动身把它们赶到大山里去。他一去一回花了一整天,回到家时,已经累得不成样子,坐在椅子里就睡着了,直睡到天光大亮才醒。

"'今天我会在自己的花园里很开心地过一天。'他说,然后立刻就去干活了。

"但不知怎么的,他总是没有时间照料他的花儿,因为他的朋友磨坊主老是来派他去办时间很长的差事,要不就叫他去磨坊里帮忙。小汉斯有时感到非常苦恼,因为他害怕自己的花儿会以为他把它们忘了。但他仍然用这样一个想法来自我安慰:磨坊主是他最好的朋友。'此外,'他总是对自己说,'他就要把手推车送给我了,这纯粹是一个慷慨的举动。'

"就这样,小汉斯不停地为磨坊主干活儿,磨坊主对他说各种关于友谊的美丽言辞。汉斯拿一个笔记本把那些话记下,晚上拿出来温习研读一遍,因为他是一个很好学的人。

"接下来不巧发生了一件事。一天晚上,小汉斯正坐在炉边烤火,门上突然响起了一记很重的叩击声。那是一个天气很坏的夜晚，狂风在屋子四周呼啸着、怒吼着，那么可怕。起先他还以为，那只是暴风雨在撞门；但是第二记叩门声又响了，然后是第三记，比前两记更重。

"'是一个可怜的过路人吧。'小汉斯自言自语着，向屋门跑去。

"门口站着磨坊主，一只手提着灯笼，另一只手拄着一根大棍子。

"'亲爱的小汉斯，'磨坊主大声喊着，'我遇上大麻烦了。我的小儿子从梯子上掉下来，摔伤了，我要去叫医生。但是他住得太远了，今晚天气又那么坏，我刚才忽然想起来，还是你替我去吧，那样要好得多。你知道，我就要把手推车送给你了，所以啊，你应该为我做点儿事情来报答我，这才公平。'

"'当然，'小汉斯喊道，'你来找我就是看得起我，我觉得很荣幸，我马上就动身。不过你得把灯笼借给我，天太黑了，我怕会摔到沟里。'

"'我很抱歉，'磨坊主答道，'这是我的新灯笼，

如果出了什么差错,那会是一个很大的损失。’

“‘嗯,没关系,我就不带灯笼了吧。’小汉斯喊道。他取下皮大衣穿在身上,戴上一顶温暖的红帽子,又在脖子上系了一条围巾,就出发了。

“多么可怕的暴风雨呀!夜色那么的黑,小汉斯几乎什么也看不清;风那么的厉害,他几乎都站不稳。但无论如何,他非常的勇敢;走了大约三个钟头之后,他到了医生的家,开始敲门。‘是谁呀?’医生喊道,从卧室的窗户里探出头来。

“‘是小汉斯,医生。’

“‘你有什么事,小汉斯?’

“‘磨坊主的儿子从梯子上掉下来,摔伤了,磨坊主要你马上就去。’

“‘行!’医生说。他叫人备好了马,穿上大靴子,拿起灯笼,下了楼,跨上马背,向磨坊主家方向跑去,小汉斯步履艰难地跟在后面。

“但是风暴越来越猛烈,雨像洪水一样从天上往下倒,小汉斯看不清自己在往哪儿走,也跟不上医生的马儿。最后他迷了路，在一片沼泽里转来转去。那是一个很危险的地方，到处是深深的洞，可怜的小汉斯就在沼泽里面淹死了。第二天几个牧羊人发现了他的尸体，当时他正漂浮在一大片积水上，他们把他送回了他的茅屋。

“人人都去参加小汉斯的葬礼，因为他是个人人都喜欢的人。磨坊主做了葬礼的主事。

“‘我是他最好的朋友，’磨坊主说，‘所以我应该占最好的位置，这样才公平。’于是他走在队列前面，身上披一件长长的黑色斗篷，时不时地用一块大手绢擦一下眼睛。

“‘小汉斯的死，对于每一个人，确实都是一个巨大的损失。’铁匠说，这时葬礼已经结束，大家都舒舒服服地坐在酒吧里，喝着加香料的酒，吃着甜饼。

“‘至少对于我是一个巨大的损失，’磨坊主回应道，‘唉，我差一点儿就把手推车送给他了，现在我真的不知道拿它怎么办了。放在家里吧，要占不少地方，又保养得那么差；拿去卖吧，一个大子儿也换不回来。我确实得注意，不要再送人东西。为人慷慨，总是有苦头好吃的。’”

“嗯？”停顿了好一会儿之后，水鼠说。

“嗯，故事已经讲完了。”朱顶雀说。

“可是磨坊主后来怎样了呢？”水鼠问。

“啊！我真的不知道，”朱顶雀答道，“这个我才不关心呢。”

“很明显，你的天性里没有同情心。”水鼠说。

“恐怕你没有完全明白故事里的道德教训吧。”朱顶雀评论道。

“你说什么？”水鼠尖叫道。

“道德教训。”

“你是说故事里有道德教训？”

“当然。”朱顶雀说。

“嗯，说真的，”水鼠说，样子很气愤，“我觉得你开始讲故事之前就该告诉我这一点的。如果你早说，我当然就不会听你讲了。说实在的，我会说

‘呸！’就像那个批评家一样。无论如何，我现在说还来得及。”于是他拔直了嗓门，大叫了一声：“呸！”然后拂了一下尾巴，回他的洞里去了。

几分钟后，母鸭划着水游过来了，她问朱顶雀：“你觉得水鼠这个人怎样？他有很多很多好见解，但是就我而言，我有一个为人母亲的情感，看到坚定不移的单身汉时，没有一次能够忍住不掉眼泪的。”

“恐怕我把他惹恼了，”朱顶雀答道，“事实上，我给他讲了一个带有道德教训的故事。”

“啊！讲那样的故事往往是一件很危险的事。”母鸭说。

我十分赞同她的看法。

了不起的火箭

国王的儿子要结婚了,到处是一派欢庆气氛。王子等待新娘整整一年,她终于到来了。她是一位俄罗斯公主,一路坐着六匹马拉的雪橇,从芬兰赶来。雪橇的形状像一只巨大的金色天鹅,小公主本人就坐在天鹅的两只翅膀中间。她披着一件长及脚面的貂皮斗篷,头戴一顶银线小帽,脸色苍白,白得就像她一直居住的雪宫一样。她太苍白了,当她坐着雪橇从大街上经过时,人人都感到很惊奇。"她就像一朵白玫瑰!"他们这样喊叫着,还从阳台上向她撒鲜花。

王子在城堡的门口迎候她。他那一双紫罗兰色的眼睛像梦一般迷离,他的头发宛若纯金的金线。看到小公主以后,他单膝跪下,吻了她的手。

“你的画像很美,”他喃喃地说,“但是人比画像更美。”小公主的脸唰地红了。

“先前她像一朵白玫瑰,”一个年轻男侍对他旁边的人说,“现在却像一朵红玫瑰了。”整个宫廷的人听了都很高兴。

接下来的三天里,人人都在奔走相告:“白玫瑰,红玫瑰,红玫瑰,白玫瑰。”国王就颁下旨意,给那个年轻男侍薪俸加倍。可他根本不拿薪俸,所以这道旨意对他没多大实际用处,但是它被视作很高的荣誉,在《宫廷报》上正式刊登了出来。

三天过去之后,便举行大婚庆典。那是一场豪华的婚礼,在一顶绣着小珍珠的紫天鹅绒华盖下,新郎和新娘手挽手走来。随后是盛大的国宴,宴会持续了五个钟头。王子和公主坐在大殿最高的地方,用一只晶莹剔透的水晶杯喝酒。只有真正相爱的人才能用这个杯子,因为假如虚情假意的嘴唇碰了它,它就会变得灰暗混浊。

“十分清澈呢,他们是真心相爱的,”那小男侍说,“晶莹剔透!”国王就第二次给他薪俸加倍。“多么高的荣誉啊!”所有的大臣都嚷嚷着。

宴会结束后是舞会。新郎和新娘要一起跳玫瑰舞,国王答应亲自吹奏长笛。他吹得很差,但是没有人胆敢当面对他说,因为他是国王。事实上,他只会两支曲子,而且永远拿不定主意吹奏哪一首;但是这并没有关系,因为无论他做什么,大家都会高喊:“妙极了!妙极了!”

最后一个节目是大放焰火,燃放时间定在午夜零点整。小公主生平从来不曾见过焰火,所以国王颁旨,令宫廷焰火师在她结婚的日子到场伺候。

“焰火是什么样子的?”有一天早晨,她在露台上散步的时候,曾经问王子。

“就像是极光一样,”国王说,他总是替别人回答问题,“只是要比极光自然多了。就我本人而言,我喜欢焰火甚于星星,因为你总是能知道它们会在什么时候出现,而且它们像我本人的长笛演奏一样令人愉悦。你一定要看一看。”

于是在御花园的尽头搭起了一座高台。宫廷焰火师把一切安排好，那些焰火各就各位之后，立刻就开始交谈起来。

“世界的确很美丽，”一只小爆竹嚷道，“只要看一眼那些黄色郁金香就知道了。嗨！即使它们是真的炮仗，也不可能比现在更可爱。我很高兴我曾经旅行过。旅行对于头脑有奇妙的改进作用，能够去除一个人的所有偏见。”

“御花园并不是世界，你这个愚蠢的爆竹，”一只很大的罗马焰火筒说道，“世界是一个很大很大的地方，要把它看个遍，你得花上三天时间。”

“任何地方，你爱它，它便是你的世界，”一只沉思的凯瑟琳转轮焰火大声说道，她早年曾经爱恋过一个旧松木匣子，常常以她的心碎自夸，“但是如今爱已经不时髦，它已经被诗人杀死了。他们的诗里写了那么多爱情，人们就不相信它了，这一点我毫不惊讶。真正的爱是受苦，并且是无言的。我记得自己曾经——不过现在已经无关紧要了。浪漫故事已经成为过去。”

“胡扯!”罗马焰火筒说,“浪漫故事是永远不死的。它就像月亮一样,永世长存。比如,这一对新郎和新娘就非常相亲相爱。今天早晨我全都听说了,是一个棕色纸做的花筒炮讲的,他知道宫廷里最近的新闻,碰巧和我待在同一个抽屉里。”

但是凯瑟琳转轮焰火摇着头。“浪漫故事已经死了,浪漫故事已经死了,浪漫故事已经死了。”她喃喃地说着。她是那样一种人,觉得同一件事情如果反反复复说上许多许多遍,结果就会变成真的。

突然响起一声尖尖的干咳,他们全都转过头去看。

声音来自一枚高大的、神情傲慢的火箭,它被绑在一根长棍子的末端。每次发表高见之前,他总是会咳嗽一下,以此引起大家的注意。

“呃哼! 呃哼!”他说,人人都在听,只有可怜的凯瑟琳转轮焰火除外,她仍然在摇着头,喃喃地说:

“浪漫故事已经死了。”

“秩序！秩序！”一个炮仗喊道。他是个政治家一类的人物，在地方选举中总是占据着显著的位置，所以他懂得恰当地使用议会用语。

“死翘翘了。”凯瑟琳转轮焰火低声说，然后就睡着了。

完全安静下来之后，火箭立刻开始第三次咳嗽。他用非常缓慢、清晰的声音说话，仿佛在口述他的文章似的。他总是不正眼看听他说话的人。事实上，他的举止是非常突出的。

“国王的儿子多么幸运啊，”他评论道，“他结婚的日子正好赶上了我燃放的时间。说真的，即便是事先安排好，对于他来说也不会有更好的结果了；不过王子们总是很幸运的。”

“天哪！”小爆竹说，“我觉得完全是另一回事，燃放我们是为了向王子表示敬意。”

“对于你来说可能是这样，”火箭回应道，“其实，我对此深信不疑。但是对于我来说就不一样了，我是一支很了不起的火箭，出身于了不起的家族。当年我母亲是最大名鼎鼎的一支凯瑟琳转轮焰火，以舞姿优雅著称。她在重大公共场合登场时，旋转十九次才飞出去；每一次这样做时，她都向空中抛出七颗粉红色的星。她的直径有三英尺半，是用最好的火药做成的。我父亲与我本人一样，是一枚火箭，拥有法国血统。他飞得太高太高，人们都担心他不会再下来。不过他还是下来了，因为他性情很和善，而且他是化作一阵最辉煌的金雨降下来的。报纸上用非常恭维的措辞来描述他的表演。事实上，《宫廷报》称他是演火术的一大成功。"

"焰火术，你的意思是焰火术吧，"一支孟加拉焰火[①]说，"我知道是焰火术，因为我看到自己的筒身上是这样写的。"

"唔，我说的是演火术。"火箭答道，语气很严厉[②]。孟加拉焰火觉得自己受到压制很没面子，立

① 这是一种用作信号或用于舞台的焰火，发蓝色火焰。

② 这里是火箭发音不准，把 pyrotechnic 念成了 pylotechnic。

刻就开始欺负小爆竹，目的是要表明他仍然是个有点儿重要的人物。

“刚才我说，”火箭接着说道，“刚才我说……我说什么来着？”

“你在说你自己。”罗马焰火筒答道。

“当然，我知道自己刚才在讨论某个有趣的题目，可是被人非常粗鲁地打断了。我讨厌一切的粗鲁无礼和没规矩，因为我极其敏感。整个世界没一个人像我这样敏感，这一点我十分有把握。”

“什么是敏感的人？”炮仗问罗马焰火筒。

“就是一个人，因为自己长了鸡眼，就老是踩别人的脚趾头。”罗马焰火筒悄声耳语道。炮仗听了，笑得差一点儿炸开。

“请问，你在笑什么？”火箭质问道，“我还没有笑呢。”

“我笑是因为我快乐。”炮仗答道。

“这是个非常自私的理由，”火箭愤愤地说，“你有什么权利快乐？你应该为别人着想一下。实际上，你应该为我着想一下。我总是在为我自己着想，我希望别人也为我着想。这就是所谓的同情。同情是一种美德，我拥有很高的美德。譬如，假设我今晚出了什么事，对于每一个人，那将是多么大的不幸！王子和公主再也不会快乐了，他们整个的婚姻生活都会受到损害；至于国王，我知道他会一直对这件事耿耿于怀的。说真的，当我开始思考自己地位的重要性时，我感动得几乎要落泪。”

“如果你想给别人欢愉，”罗马焰火筒嚷道，“你最好让自己保持干燥。”

“当然是这样，”孟加拉焰火大声说，他的精神状态已经好多了，“这只不过是个常识。”

“常识，真是的！”火箭很愤慨地说，“你们忘了我非同寻常，很了不起。嗨，倘若没有想象力的话，人人都可以有常识。但我是有想象力的，因为我考虑事情从来不按照它们的真实状况。我总是按照完全不一样的状况来考虑事情。至于说我保持干燥，很明显，对于多愁善感的天性，这儿没有一个人具备丝毫的欣赏能力。幸好，我本人对此并不在乎。支撑一个人一生的唯一理念，就是意识到别人全都无比低劣，这就是我一直在培养的一种情感。而你们没有一个人有心肝。你们在这儿笑啊，取乐啊，就仿佛王子和公主刚才没有结婚似的。”

“嗳，说实在的，”一个小焰火气球大声说，“干吗不乐呢？这是一个最快乐的场合，我腾飞到高空中去时，要把一切都讲给星星们听。我给他们讲漂亮的新郎时，你们会看见星星眨眼睛。”

“啊，多么琐碎平庸的人生观！”火箭说，“不过这也正是我意料之中的。你里面空空洞洞，什么也没有。呃，也许王子和公主会去乡间生活，那儿有一条很深的河；也许他们会有一个独生儿子，一个像王子本人一样，长着一头金发和紫罗兰色眼睛的小男孩；也许有一天，他会和保姆一起出去散步；也许保姆跑到一棵巨大的接骨木树下面，睡着了；也许小男孩会掉进那条很深的河里，淹死。多么可怕的灾祸！可怜的人，失去了他们的独生儿子！真的太可怕了！我会一直为这件事伤心的。”

“但是他们并没有失去独生儿子，”罗马焰火筒说，“根本不曾有灾祸发生在他们身上。”

“我从来没有说真的发生过，”火箭答道，“我是说有可能。如果他们真的失去了独生儿子，再说什么也不会有用了。我讨厌泼翻了牛奶才知道哭的人。但是想到他们有可能失去独生儿子，我心里面当然不自在。”

“当然是的！”孟加拉焰火嚷道，“事实上，你是我遇见过的最不自在的人。”①

“你是我遇见过的最粗鲁的人，”火箭说，“你无法理解我对王子的友情。”

“嘿，你甚至都不认识他。”罗马焰火筒吼道。

“我从来没有说过我认识他，”火箭答道，“我敢说，如果我认识他，我就根本不会做他的朋友。认

① 这里火箭和孟加拉焰火用的是同一个词 affected 的两个不同的意思。前者指受了打击，不好受；后者指装模作样，矫情。勉强以一个词“不自在”译之。

识自己的朋友,这是一件非常危险的事。”

“你最好还是实实在在地让自己保持干燥,”焰火气球说,“这是一件非常重要的事。”

“我确信不疑,对你来说那非常重要,”火箭答道,“但是如果我想哭,我就哭。”他真的迸出了眼泪,泪水像雨滴一样,沿着他的棍子往下淌。两只甲虫正考虑一起安家,想找个干燥的好地方住进去,差一点儿被他的泪水淹死。

“他肯定有一种真正的浪漫天性,”凯瑟琳转轮焰火说,“因为根本没有事情好哭的时候,他居然哭得出来。”她费力地发出一声深深的叹息,想念着她的松木匣子。

但是罗马焰火筒和孟加拉焰火十分愤慨,他们拔直了嗓门,不停地说着:“骗人!骗人!”他们是极其实际的,只要是他们反对的,就称之为骗人。

这时,月亮像一面奇妙的银盾一样升在了空中,星星开始闪光,音乐从王宫里飘了出来。

王子和公主正在舞会上领舞。他们的舞姿那

么美，连亭亭玉立的白色百合也透过窗口来窥望；巨大的红色罂粟点着头，打着节拍。

十点敲过了，然后敲了十一点，然后敲十二点。随着最后一下敲响，所有的人来到外面的露台上，国王派人叫来了宫廷焰火师。

“开始放焰火吧。”国王说。宫廷焰火师深深地鞠了一躬，然后大步向花园尽头走去。有六个随从跟着他，每个随从手里举着一支点燃的火炬，火炬绑在长长的竿子上。

确实是一个壮观的场景。

嗞！嗖！凯瑟琳转轮焰火不停地旋转着，上去了。噗！嘭！罗马焰火筒上去了。接着爆竹们在整个场地上跳起舞来，孟加拉焰火把每一样东西都映成了绯红色。“再见。”焰火气球喊道，腾空飞起，一路抛撒着蓝色的小火花。嘭！啪！炮仗应答着，快活无边。人人都取得了巨大的成功，只除了那个了不起的火箭之外。他哭过以后就受了潮，根本放不起来了。他身体里最重要的东西是火药，被泪水一泡，湿透了，失去了效用。他所有的穷亲戚，平日里他从来不愿意理睬，偶尔和他们说话也是带着冷笑，如今他们都飞上了天，像一朵朵金色的奇葩，绽放着火焰的花朵。好哇！好哇！整个宫廷欢呼着；小公主笑开了颜。

“我估计，他们要把我留到某个盛大的场合燃放，”火箭说，“无疑就是这个意思。”他的神情比从前更傲慢了。

第二天，工人们来清理场子。“这显然是一个代表团，”火箭说，“我要以恰如其分的威严来接见他们。”于是他把鼻子翘到天上，很严肃地皱起眉头，仿佛在思考某个非常重大的问题似的。但是他根本就没有得到人家的注意，他们临走时才有一个工人看见了他。“哟嗬！”那工人嚷道，“一支坏火箭！”就把他扔到了墙外，不巧掉进了水沟里。

“坏火箭？坏火箭？”他在空中旋转着翻过墙头时，嘴里说着，“不可能！大火箭，那人一定说的是大火箭。坏和大的发音很相近，其实常常是一样的。”他掉进了烂泥里。

“这儿不舒服，”他评论说，“但无疑是一处时尚的矿泉疗养地，他们是送我出来恢复健康的。我的神经确实受了不少损害，我需要休息。”

这时，一只小青蛙，穿着带斑点的绿色外套，睁着亮亮的、宝石一样的眼睛，向他游过来了。

“我看清楚了，是个新来的！”青蛙说，“嗯，毕竟没有什么东西和烂泥是一样的。只要给我一个下雨天和一条沟，我就非常幸福了。你觉得下午会有雨吗？我肯定是希望有雨的，但是天很蓝，而且没有一片云彩。真可惜！”

“呃哼！呃哼！”火箭说，他开始咳嗽。

“你的声音真好听！”青蛙嚷道，“真的很像蛙叫。哇叫当然是世界上最悦耳的声音。今晚我们‘快乐俱乐部’有个演唱会，你可以来听听。我们坐在农夫房屋旁那个老鸭塘里，月亮一升起来我们就开始唱。歌声太迷人了，人人都躺在床上不睡听我们唱。其实，昨天我刚听见农夫的妻子对她母亲说,由于我们的缘故,夜里她没有能合一合眼睛睡上片刻。发现我们自己那么受大众欢迎,这是最令人满意的。”

“呃哼!呃哼!”火箭很生气地说。他插不上一句话,感到非常恼怒。

“你的声音当然很好听,”青蛙接着说下去,“希望你到鸭塘去。我要走了,去找我的女儿。我有六个美丽的女儿,我非常担心狗鱼会碰上她们。他是个彻头彻尾的魔鬼,会毫不犹豫把她们当早餐。嗯,再见。和你交谈非常愉快,真的。”

“交谈,说得好听!”火箭说,“一直是你一个人在说。那不是交谈。”

“总得有人做听众,”青蛙答道,“谈话这件事我喜欢一个人来做。这样节省时间,还能防止争执。”

“但是我喜欢争执。”火箭说。

“我不希望争执,”青蛙自鸣得意地说,“争执是极其粗俗的,因为在一个良好的社交圈子里,人人都持有同样的观点。再一次和你道别,我看见远处我的女儿们了。”说完小青蛙就游走了。

“你是个很恼人的人，”火箭说，“而且教养很差。我讨厌你这种人，像我这样的人想说说我自己的时候，你却抢着说你自己。这就是我所说的自私，自私是一种令人深恶痛绝的东西，尤其对于我这种性情的人，因为我是以天生富有同情心闻名的。事实上，你应该以我为榜样，不可能有比我更好的典范了。既然遇上了这个好机会，你最好还是从中受些益处，因为我差不多马上就要回宫廷去了。我在宫廷里是极其得宠的；事实上，昨天王子和公主就为了向我表示敬意而结了婚。当然，这种事你是一窍不通的，因为你是个乡下人。”

“你这样说话没有用，”一只蜻蜓说，他正栖息在一株很大的宽叶香蒲的尖尖上，“一点儿用处也没有，因为他已经走了。”

“嗯，那是他的损失，不是我的，”火箭答道，“我不会只因为他不注意听，就停止对他说话。我喜欢听我自己说。这是我的大乐趣之一。我常常聊很久,完全是我一个人在聊。我是非常聪明的,有时我说的话我自己一个字也不懂。”

“那你一定要去教授哲学。”蜻蜓说。他展开一双可爱的薄纱翅子,蹿到空中去了。

“他居然不待在这儿,真是愚蠢!”火箭说,“我敢肯定,他不是经常有这种改进脑筋的机会的。不过,我才不在乎呢。像我这样的天才,总有一天会有人赏识。”他在烂泥里又陷得深了一点儿。

过了一段时间,一只大白鸭向他游过来。她的腿是黄的,脚趾间有蹼,并且因为她走路时摇摇摆摆,被大家看作一个超级大美人。

“呱,呱,呱,”她说,“你的形状真奇怪!我想问一声,你是生下来就这样的呢,还是出事故后变成这样的?”

“很显然,你一直住在乡下,”火箭答道,“否则你不会不知道我是谁。不过,我原谅你的无知。期待别人像自己一样非凡,那是不公平的。我能飞到天上去,下来时化作一阵金雨;听到这个,你肯定很惊讶吧。”

“我觉得并不怎么样，”鸭子说，“我看不出那样子对人有什么用处。喏，要是你能像牛那样耕田，像马那样拉车，或者像牧羊犬那样看护羊群，那才算一回事。”

“我的好人儿呀，”火箭嚷道，语气非常傲慢，“我看出来了，你属于比较低的阶层。处在我这种地位的人，是从来没有实际用处的。我们有一定的才艺，这就足够了。我本人对任何一种行当都没有好感，尤其是对你仿佛要推荐的那些个行当。事实上，我的观点始终是，艰苦的工作只是无事可干的人的庇护所。”

“好吧，好吧，”鸭子说，她是个性情非常平和的人，从来不和人争执，“每个人趣味都不一样。但无论如何，我希望你会在这儿安家。”

“哦！才不呢，”火箭嚷道，“我只是个访客，一个来访的杰出人物。其实，我觉得这地方相当令人生厌。这儿既没有社交界，也不幽静。事实上，这地方基本上就是郊区了。我大概要回到宫廷去的,因为我知道,我注定会轰动世界。”

“我自己也曾经想过有一天进入公众生活,”鸭子评论道,“有那么多事情需要改良。其实,以前我曾经做过一个会议的主席,我们通过了一些决议,谴责我们不喜欢的各种事情。但是,那些决议似乎并没有产生多大作用。如今我从事家政,照顾我的家庭。”

“我天生就是要参与公众生活的,”火箭说,“我所有的亲戚也都如此,即便是他们中最卑贱的人也不例外。我们只要一出场,就会引起人们极大的关注。我本人尚未真正出场过,但是假如我出场,那必定会是一个壮观的景象。至于说家政,它会让人老得很快,使人分心,疏忽更高尚的事情。”

“啊! 生活中更高尚的事情,多么美好哟!”鸭子说,“这提醒了我,我觉得好饿。”她顺着流水游走了,嘴巴里说着:“呱,呱,呱。”

“回来! 回来!”火箭尖叫道,“我有好多话要对你说。”但是鸭子对此毫不理会。“很高兴她走了，”他对自己说道，“她有一个很决然的中产阶级头脑。”他在烂泥里又陷得深了一点儿，开始思考天才的寂寞。这时，沿着沟岸，忽然跑来了两个身穿白色罩衫的小男孩，他们拿着一把水壶和几捆柴火。

“这一定是代表团了。”火箭说，马上做出一副非常尊贵的样子。

“喂！”一个男孩嚷道，“瞧这儿有根旧棍子！不知道是从哪儿来的。”他把火箭从沟里捡了起来。

“旧棍子！”火箭说，“不可能！他一定说的是金棍子。金棍子是很恭维的词儿。事实上，他误认为我是宫廷显要了！”

“把它放到火上去吧！”另一个男孩说，“能让壶里的水快些烧开。”

于是他们把柴火堆在一起，把火箭放在柴火堆顶上，点着了火。

“这很壮观，”火箭嚷道，“他们要在青天白日里燃放我，好让人人都看见我。”

“现在我们去睡吧，”他们说，“一觉醒来，壶里的水就开了。”他们在草地上躺下，闭上了眼睛。

火箭很潮湿，所以过了很长时间才烧起来。无论如何，它终于着火了。

“现在我要放上去了！”他高喊着，把身体挺得笔直，“我知道，我会升得比星星高许多，比月亮高许多，比太阳高许多。事实上，我会高到……”

嘶嘶！嘶嘶！嘶嘶！他直上青天。

“真令人高兴！”他喊道，“我会永远这样升上去。我多么成功啊！”

可是没有人看见他。

这时他觉得有一种奇特的刺痛感袭遍全身。

“现在我要爆炸了，”他喊道，“我会把全世界点着，制造出特别大的动静，让他们整整一年只说我，不谈别的事情。”他确实爆炸了。嘭！嘭！嘭！火药点着了。这一点是毫无疑问的。

可是没有人听见他，连那两个小男孩也没有听见，因为他们睡得正酣。

现在他只剩下一根棍子了，它掉下来，正好砸在一只在沟边散步的鹅的背上。

“天哪！”鹅嚷道，“要下棍子雨了。”她冲进了水沟里。

“我知道我会造成巨大轰动的。”火箭喘息着说，然后就灭了。

石榴之家

少年国王

加冕日前夜，少年国王独自一人坐在美丽的寝宫里。大臣们已经按照当时的礼节，一躬到地，然后退下，到王宫大殿里，跟着礼仪教授上最后几节课去了。他们中仍有几位举止不合乎规矩，不必说，在宫廷里，这是犯大忌的。

那少年——只能称他少年，因为他只有十六岁——在他们离开之后并不感到难过，他长长地吐出一口气，猛地往后一仰，靠在刺绣长榻椅的软垫子上，躺在那儿，圆睁着眼睛大张着嘴，活像林地里的棕色牧神，也像森林里刚落入猎人陷阱的一头幼兽。

确实，找到他的正是几个猎人。他们几乎是意外地撞见了他，看见他赤着两只手臂两条腿，手中拿着牧笛，跟在那个把他养大的穷苦牧羊人的羊群后面。他一直以为自己就是牧羊人的儿子，其实他母亲是老国王唯一的孩子，她和一个地位远比她低的人私下里结合生下了他。有人说，那是一个陌生人，他的诗琴演奏有奇妙的魔力，令年轻的公主爱上了他；另外一种说法是，那人是从里米尼[1]来的一位艺术家，公主给了他很多荣幸，也许太多了，他连大教堂的画作都没有完成，就突然从城里消失了踪迹。孩子只有一周岁大的时候，就被人趁母亲熟睡着，从她身边偷走，送交给一对没有自己孩子的普通农民夫妇去照管了。他们住在森林里较远的一端，从城里骑马过去，要一天的时间。生下他的那个苍白的姑娘，醒过来不到一小时就死了，不知是因为悲伤过度，还是如御医所述死于瘟疫。也有一种说法，暗示她喝了一杯下了急性意大利毒药的香

① 意大利一海港。

料酒。一位忠心的使者把孩子横放在马鞍的前鞍桥上扬鞭而去;当疲惫不堪的马儿来到牧羊人的茅屋前,使者敲开那扇粗陋的屋门时,公主的尸首正在下葬。墓穴开在城门外一个荒凉的教堂墓地里,据说里面还躺着另外一具尸体,是一个年轻男子,外国人的相貌,惊若天人。他的双手被绳子反捆在背后,胸前多处被刺出了鲜红的伤口。

至少,人们窃窃私语互相传述的就是这样一个故事。当然,派人把少年找回来的正是临终时的老国王,他当着受嘱众臣的面,承认了少年是他的王位继承人。不知这是因为他痛悔当年的深重罪孽呢,还是只因为不希望断了他这一支的血脉,让王权旁落。

从认祖归宗的那一刻起,少年似乎就显露出了一种异乎寻常的迹象,那就是对于美的激情。这种爱好,注定会对他的一生产生巨大影响。他第一次去预备给他使用的那套房间时,几个陪伴他的侍从,事后时常说起,当他看到为他预备的华美衣服和昂贵珠宝时，嘴里发出的那种快活的叫声；还说他把粗糙的束腰兽皮外衣和羊皮披风脱下来甩在一旁时，简直是欣喜若狂。有时，他确实怀念从前在森林里那种自由自在的生活。单调乏味的宫廷礼仪每天占去很多时间，总是令他生出厌烦的情绪，但是宫殿美轮美奂——他们叫它欢乐宫，现在它的主人是他本人了——对于他似乎是一个新世界，是为了让他愉悦新近设计出来的。一有机会从会议桌旁或觐见室里逃出来，他就从装饰着镀金铜狮子、铺着亮色云斑石梯级的巨大楼梯上跑下去，游荡在一个个房间、一条条走廊里，像是要寻找美作为止痛药，来解除痛苦、治愈疾病。

他称之为发现之旅。确实，对于他，那是真正的奇境漫游。有时，会有金发的宫廷男侍陪伴着他，他们身材细长，身上飘动着披风和色彩鲜艳的饰带。但更多的时候，他独自一人待着，透过一种几乎是神授的敏锐直觉，感知到：对于艺术的秘密，最好秘密地去学习；美像智慧一样，喜爱孤寂的崇拜者。

那段时间，有许多古怪的故事与他有关。据说，一个胖市长代表城里的市民，来做一番辞藻华丽的陈述时，碰见他毕恭毕敬地跪在一幅刚从威尼斯捎来的巨幅画作前面，似乎在宣示对某些新神的膜拜。又有一回，他失踪了几个小时，找了半天，才发现他在王宫北塔楼的一间小室里，像丢了魂一样，凝视着一块雕着阿多尼斯[①]像的希腊宝石。传闻有人看见，他把温暖的嘴唇贴在一座古代雕像的大理石额头上，那是建造石桥时偶然在河床中发现的，上面刻着哈得良所拥有的俾斯尼亚奴隶的名字[②]。他还花了一整夜时间，观察月光照在恩狄米昂[③]银像上的效果。

所有稀罕和昂贵的物件，必定对他有巨大的吸

---

① 希腊神话中一位令世间所有人与物失色的美男子，爱神维纳斯和冥后珀耳塞福涅争着爱他。

② 哈得良为古罗马皇帝，俾斯尼亚为地中海一古国，也是海湾名称。这个奴隶是个美少年，名字叫安提诺乌斯，是哈得良的男宠。

③ 希腊神话中月亮女神所钟爱的美少年。

引力;他急迫地想要得到它们,所以向各地派出了许多商人。有的乘船去北方的海洋,向粗野的渔民买琥珀。有的去埃及,寻觅奇特的绿松石,那只有在国王们的坟墓中才能找到,而且据说它们拥有魔力。有的去波斯,购买丝绸毡毯和彩陶。另一些去印度,采办薄纱和染色象牙、月长石和翡翠镯子、檀香木和蓝色珐琅,还有精纺羊毛披肩。

但他最着迷的是加冕时要穿的王袍,那件用轻纱一般的金线织成的袍子,还有那顶镶红宝石的王冠,那根嵌着一排排一圈圈珍珠的权杖。其实,今晚他仰躺在华丽的长榻椅上,眼睛盯着敞开的壁炉里那根燃烧着的大松木时,脑子里想的全是这个。它们的设计出自当时最著名的艺术家之手,几个月前就呈给他看过了。他下令工匠们日夜辛苦赶工,把它们做出来;并且派人去寻觅配得上它们的杰作的珠宝,即便找遍整个世界也要找到。他想象自己穿戴着华美的国王服饰,站在大教堂高高的圣坛上。笑容爬上了他稚嫩的嘴唇,荡漾开来;他那双深色的林地居民的眼睛,闪现出了欢快的光亮。

过了一会儿,他从长榻椅上站起来,背靠在雕花的烟囱护沿上,环顾灯光昏暗的寝宫。墙上挂着富丽堂皇的壁毯,它们象征着美的胜利。一个装着玛瑙和青金石的壁橱,把一个角落填满了。面对窗户,立着一个造型奇巧惊人的陈列柜,清漆面板上涂着金粉嵌着金丝,柜子上放着威尼斯玻璃的高脚酒杯,非常精致,还有一只黑纹缟玛瑙的杯子。床上的银色被子上绣着浅色的罂粟花,仿佛是从睡着了的疲倦的手中掉下来的一样。高高的、带有凹槽的象牙杆支撑起天鹅绒顶篷,顶篷上篷起着一大簇一大簇的鸵鸟羽绒,像白色泡沫一样,腾向天花板上的白银回纹浮雕。一座纳喀索斯①青铜像笑容满面,把一面光洁的镜子举过头顶。桌子上放着一只浅浅的紫水晶碗。

他向窗外望去,看见大教堂的巨大穹顶,像一

---

① 希腊神话中爱上自己的美少年。

个气泡一样，隐隐约约地悬浮在一片影影绰绰的房屋上方。疲惫的哨兵们，沿着河边雾气濛濛的台地，来回踱步。远远地，在一座果园里，一只夜莺在歌唱。一缕淡淡的素馨花的芳香，透过敞开的窗飘了进来。他把前额上的棕色发卷捋到后面，拿起一把琵琶，手指在琴弦上漫不经心地拨动着。他的沉重的眼睑垂了下去，一阵奇怪的倦意向他袭来。他从来不曾像现在这样，如此强烈，或者说带着如此强烈的快感，感受到美的事物的魔力和神秘。

钟楼的钟声敲响子夜时，他拉了一下铃，进来几个男侍，按照繁复的礼仪给他更衣。他们在他手上浇玫瑰花水，在他的枕头上撒鲜花。他们离开寝宫没多一会儿，他就睡着了。

他睡着后做了一个梦，是这样一个梦。

他觉得自己站在一间又长又矮的阁楼里，四周是许多织布机呼呼的转动声和咔咔的撞击声。微弱的日光透过格栅窗探进来，给他照亮了织工们在织架上方弯着背的瘦削身影。苍白的、带病容的孩子们,蹲在巨大的横梁上。梭子疾速穿过经线时,他们提起沉重的压板;梭子停下时,他们放开压板,让它们落下去把线压拢。他们的脸上呈现着饥饿蹂躏的印迹,他们的双手在哆嗦、颤抖。几个憔悴的妇人坐在桌旁缝纫。整个屋子里充满了一种可怕的臭味。空气滞重难闻,墙壁上滴着水,渗出了湿淋淋的水痕。

少年国王向一个织工走去,站在他旁边,看他工作。

织工气忿忿地看着他,说:“你干吗盯着我? 是我们的主人派你做探子,来监视我们的吗?”

“谁是你们的主人?”少年国王问。

“我们的主人!”织工嚷道,语气很尖刻,“他是一个和我本人一样的人。我们之间只有一个差别,那就是:他锦衣华服,我破衣烂衫;我饿坏了身体,他却吃撑了难受得不轻。”

“这是个自由的国家,”少年国王说,“你不是谁的奴隶。”

“打仗的时候，”织工答道，“强壮的拿体弱的当奴隶；和平的时候，富人拿穷人当奴隶。我们要活下去就得干活，他们给的工钱却让我们活不了。我们整天为他们劳累，他们钱箱里金子成堆；我们的孩子不到成年就夭折，我们所爱的人的面容也变得凶恶难看了。我们踩制葡萄，别人喝葡萄酒。我们播种谷物，自己的餐桌上却是空的。我们戴着锁链，虽然这锁链眼睛看不见；我们是奴隶，虽然别人称我们自由人。”

“所有人都这样？”他问。

“所有人都这样，”织工答道，“年轻的这样年老的也这样，女人这样男人也这样，年幼的孩子这样上了岁数的老人也这样。商人们压榨我们，他们吩咐什么我们就得做什么。牧师骑着马经过，只顾数他的念珠，没有人把我们当一回事。贫穷睁着饥饿的眼睛，在我们不见天日的小巷里不声不响地窜行，面孔呆板的罪恶紧跟在她身后。早晨，悲惨把我们叫醒；夜晚，耻辱陪伴我们入眠。但这一切与你有什么关系？你不是我们中的一员。你的脸太幸福了。”他皱着眉头转过身去，把梭子投过织机，少年国王看见梭子上穿着一根金线。

一种巨大的恐怖攫住了他，他问织工：“你织的这是什么袍子？”

“少年国王加冕时穿的袍子，”他答道，“和你有什么相干？”

少年国王大叫一声，醒了过来。看哪，他是在自己的寝宫里，透过窗户，他看见一轮巨大的蜜色的月亮，悬在昏暗的空中。

他又睡着了，做起梦来，是这样一个梦。

他觉得自己躺在一艘巨大的木船的甲板上，一百个奴隶在划那条船。他身旁的地毯上坐着船主。他黑得像乌木，缠头巾是绯红色的丝绸料子，很大的银耳环垂挂在厚厚的耳垂上。他手里端着一副象牙天平。

奴隶们光着身子，只缠着一条破烂的腰布，一个挨一个用链条互相锁在一起。灼热的太阳火辣辣地照在他们身上；黑人们在过道里跑上跑下，用兽皮鞭子抽打他们。他们伸展着瘦瘦的手臂，握着沉重的桨，在水里划动着。桨叶上咸水四溅。

最后，他们来到一个小港湾里，开始测水深。海岸上吹来一阵轻风，扬起一片红色的灰尘，罩在甲板和巨大的三角帆上。三个阿拉伯人骑着野驴冲出来，对他们投掷长矛。船主拿起一张画弓，引箭射中了其中一个人的喉咙。他重重地摔落在海浪上，他的同伙们飞奔而去。一个蒙着黄色面纱的妇人骑着骆驼慢慢地跟在他们后面，不时回过头来看那具尸首。

黑人们抛下锚、收起帆之后，立刻走进底舱，拿上来一架长长的绳梯，绳梯上坠着重重的铅，增加重量。船主把绳梯从船的一侧扔下海去，把它的上端固定在两个铁墩子上。接着，黑人们抓住奴隶中最年轻的那一个，卸去他的脚镣，用蜡封住他的鼻孔和耳朵，在他腰里拴了一块大石头。他吃力地爬下绳梯，没入海水里不见了。他下去的地方冒上来几个泡泡。其余奴隶中,有几个好奇地从船侧窥望着海面。船头坐着一个驱鲨人,节奏单调地擂着一面鼓。

过了一会儿,潜水者浮到水面上来了,他右手握着一颗珍珠,气喘吁吁地把身体贴紧在绳梯上。黑人们从他手里把珍珠抓过来,又把他推下了水。这时其余奴隶已经俯伏在桨上,睡着了。

潜水者一次又一次地浮上来,每一次都带上来一颗美丽的珍珠。船主称一称珍珠的重量,然后放进一个绿色的小皮囊中。

少年国王想说话,但舌头仿佛粘在了上颚上面,嘴唇不能动弹。黑人们交谈着,为了一串亮珠子,开始争吵。两只鹭鸟绕着船飞来飞去。

这时潜水者最后一次浮上了水面,这一次他带上来的珍珠比霍尔木兹岛[①]的所有珍珠都美,因为它形状像一轮满月,洁白胜过晨星。但潜水者的脸

① 位于霍尔木兹海峡内,霍尔木兹海峡在伊朗和阿拉伯半岛之间,连接波斯湾和阿曼湾。

苍白得出奇，他刚倒在甲板上，血就从他耳朵和鼻孔里涌出来。他颤抖了几下，便不动了。黑人们耸耸肩，把尸体扔出船舷，丢下了海。

船主大笑着，伸手拿过珍珠；看过之后，他把它按在前额上，鞠了一躬。“这颗珠子，”他说，“是要用到年轻的国王的权杖上去的。”他向黑人们打了个手势，叫他们起锚。

听到这句话，少年国王发出一声大叫，醒了。透过窗户，他看见黎明那长长的灰色手指，正在摘取那些暗淡下去的星星。

他又睡着了，做起梦来，是这样一个梦。

他觉得自己游荡在一片幽暗的林子里，树枝上坠着奇异的果子，开着美丽但是有毒的花。他走过去时，蝰蛇冲着他咝咝地吐信，色彩鲜艳的鹦鹉尖叫着从枝头飞向枝头。巨大的乌龟趴在热烘烘的淤泥里，睡着了。树林里到处是猿和孔雀。

他不断向前走，最后来到林子边缘，看见一望无际的人群，在一条河干涸的河床上做苦工。他们像蚂蚁一样云集在岩石碎片上。他们在地上挖出深深的坑，下到坑里去。有些人在用大斧子劈岩石，还有些人在掏沙子。

他们把仙人掌连根拔起，把绯红色的花朵踩在脚下。他们互相喊叫着，匆忙地工作着，没有一个人闲着。

死神和贪婪藏身在一个洞里，在黑暗中守望着他们。死神说："我累了，把三分之一的人给我，让我走吧。"但是贪婪摇了摇头。"他们是我的仆人。"她回应道。

死神问她："你手里拿着什么？"

"是三粒谷子，"她答道，"这与你有什么相干？"

"给我一粒，"死神嚷道，"让我种在我的园子里；只要给我一粒，我就走开。"

"我什么也不会给你。"贪婪说，她把手藏到了衣服的褶缝里。

死神笑起来，他拿出一个杯子，浸到池塘里，疟疾便从杯子里冒了出来。她从人海中穿过，三分之一的人便倒下死去了。一团冷雾跟在她身后,水蛇窜行在她身旁。

贪婪看见那一大片人死了三分之一,便捶胸大哭。她击打着枯瘦的胸脯,哭得很响。“你杀死了我三分之一的仆人,”她哭叫着,“你可以走了。鞑靼的大山里在进行战争,双方的国王都在召唤你。阿富汗人杀了黑牛,正在开往战场。他们已经用长矛擂击过盾牌,戴上了铁的头盔。我的山谷与你有什么相干,你竟迟迟地不肯离开?你走吧,别再回来。”

“不行,”死神答道,“你不给我一粒谷子,我就不走。”

但是贪婪捏紧了手,咬紧着牙关。“我什么也不会给你。”她咕哝道。

死神笑起来,他拿起一块黑石头,把它扔进森林,热病便穿着火焰的袍子,从野毒芹丛中走了出来。她从人海中穿过,触摸着他们;人一被她碰到,便死了。她的脚从草上踏过,草就枯萎了。

贪婪浑身直颤，把灰抹到自己头上。“你真残忍，”她哭叫道，“真残忍。印度的有城墙的城中发生了饥荒，撒马尔罕[1]的贮水池已经干涸。埃及的有城墙的城中发生了大饥荒，蝗虫从沙漠涌进了城乡。尼罗河水漫过了河岸，僧侣们咒骂着伊西斯和奥西里斯[2]。你走吧，到需要你的人那儿去，饶了我的仆人们。”

“不行，”死神答道，“你不给我一粒谷子，我就不走。”

“我什么也不会给你。”贪婪说。

死神又笑起来，他把手指放到嘴边打个呼哨，便有一个女子从空中飞了过来。她的前额上写着“瘟疫”两个字，一群精瘦的秃鹰在她的周围盘旋着。她用翅膀罩住了山谷，下面的人死得一个不剩。

贪婪尖叫着穿过森林逃走了，死神跳上他那匹

---

① 中亚古城，位于现乌兹别克斯坦境内。

② 前者为古埃及的繁殖女神，后者为古埃及的主神，繁殖女神的丈夫。

红色的马，飞驰而去，他飞驰得比风还要快。

从山谷底里的黏泥中爬出了恶龙和可怕的长鳞片的怪物，豺狼钻出来，在沙子上小跑着，仰起鼻子嗅着空气。

少年国王哭了，他说："这是些什么人，他们在这儿寻找什么东西？"

"寻找国王王冠上用的红宝石。"站在他身后的一个人说。

少年国王吓了一跳，他转过身去，看见一个朝圣者打扮的人，手里拿着一面银镜。

他脸色苍白，问道："哪一个国王？"

朝圣者答道："看一看这一面镜子，你就看到他了。"

他向镜子望去，看见了自己的脸，大叫一声醒了过来。明亮的阳光正泻进寝宫，花园和庭园里的树上，鸟儿在歌唱。

宫廷内侍和国务大臣们走进来，向他行了君臣之礼。男侍取来了金线织成的轻纱一般的王袍，把王冠和权杖放在他面前。

少年国王看着那些东西。它们很美，比他见过的任何东西更美。但他记起了自己做过的梦，他对那些贵族们说道："把这些东西拿走，我不要用它们。"

大臣们非常惊愕，有的人笑了起来，因为他们以为他在开玩笑。

但是他又一次严厉地对他们发话了，他说："把这些东西拿走，不要让我看见它们。虽然今天是我的加冕日，我也不想用它们。因为我这件袍子，是苍白的痛苦之手在悲惨的织机上织成的。红宝石的心里是鲜血，珍珠的心里是死亡。"然后他给他们讲了他的三个梦。

大臣们听过以后，面面相觑，低声交谈着，他们说："他一定是疯了，梦只不过就是个梦，幻觉只不过就是个幻觉，是吧？并不是真事，不必当真。为了那些为我们辛苦做工的生命，我们有什么非做不可的呢？难道一个人不去看望播种的人，就不该吃面包;不和葡萄园丁交谈,就不该喝葡萄酒吗?”

宫廷内侍对少年国王说:“陛下,我请求您把这些阴郁的想法抛开,穿上这件漂亮的袍子,把这顶漂亮的王冠戴到头上。如果你没有国王的衣冠,民众怎么认得你是国王呢?”

少年国王看着他:“是吗,真的?”他问,“如果我没有国王的衣冠,他们就不认得我是国王?”

“他们不会认得你的,陛下。”宫廷内侍大声说。

“我还以为,有的人天生就像是国王呢,”他答道,“也许真像你说的那样。但我还是不会穿这件王袍,戴这顶王冠。我当初进王宫时是什么样,现在走出去也是什么样。”

他吩咐他们全体退出去,只留下男侍,一个比他本人小一岁的少年。他留下那少年伺候他。他在清水里沐浴完毕之后,打开了一个上过漆的大箱子,从里面取出束腰兽皮外衣和粗糙的羊皮披风,那是他在山坡上给牧羊人放牧粗毛山羊时身上的穿戴。他穿上这些衣服,把他那根粗糙的牧羊杆拿在手里。

小男侍惊讶地瞪着他那双大大的蓝眼睛，微笑着对他说："陛下，我看见您的王袍和权杖了，但是您的王冠在哪儿呢？"

少年国王折下一根爬到露台上的野荆棘藤，把它弯过来，做成一个圆环，戴在自己头上。

"这就是我的王冠。"他答道。

他就这样穿戴着，走出寝宫，向大殿走去。贵族们正在那儿等他。

贵族们拿他打趣，有的向他喊叫："陛下，民众在等他们的国王，您却让他们看一个乞丐。"另一些人很生气，他们说："他让我们的国家蒙羞，不配当我们的主子。"但他一个字也没有回答他们，只管走过去，走下巨大的亮色云斑石楼梯，走出青铜大门，跨上马，向大教堂驰去，小男侍小跑着跟在他旁边。

民众们大笑，说："骑在马上的是国王的弄臣。"他们拿他取笑。

他勒住马缰，说道："不，我就是国王。"他给他们讲了他的三个梦。

一个男子从人群中走上前来,严厉地向他说:"陛下,您不知道,富人奢华,穷人才能活命。您炫富摆阔的毛病,让我们得到滋养;您挥霍浪费的恶习,使我们有了面包。给苛虐的主人做苦工确实很惨,可是没有机会给主子做苦工更惨。您以为渡鸦会叼食物来给我们吗?事情就是这样,您又有什么办法来改正?难道你能对买家说'你出这些钱买',对卖家说'你得按这个价卖'吗?我不信。所以啊,您还是回王宫去,穿上您精美的紫色亚麻衣吧。我们这些人,我们所受的苦,和您有什么相干呢?"

"难道富人和穷人不是兄弟吗?"少年国王问道。

"是啊,"那人说,"可那个富人兄长的名字叫该隐①。"

少年国王的眼睛里噙满了泪水,他骑着马从咕

① 《圣经》中的人物,不义的该隐虐待并杀死了他的兄弟亚伯。

咴着的民众中间穿过，继续前行。小男侍感到害怕，撇下他不管了。

他来到大教堂的大门前时，士兵们把戟一横，说道："你来这儿找什么？这道门谁也不许过，只有国王才可以进来。"

他很生气，涨红了脸，对他们说："我就是国王。"就把他们的戟拨到一边，进了门。

年老的大主教看见他穿着牧羊人的衣服进来，惊讶地从宝座上站起身，趋上前来迎他，对他说："我的孩子，国王就是这身打扮吗？我拿什么当王冠给你加冕，拿什么权杖给你的手授权呢？当然，今天本该是你享受快乐的日子，而不是受屈辱的日子。"

"难道快乐应该穿着悲伤所制作的衣裳吗？"少年国王说。他给他讲了那三个梦。

大主教听后锁起眉头，说道："我的孩子，我是个老人，已经到了我生命的冬天。我知道，广阔的世界里有许多邪恶的事发生。残暴的强盗从山上下来，掳走小孩子，把他们卖给摩尔人[1]。狮子趴在地上等候旅行队，扑过去猎杀骆驼。野猪在山谷中把谷物连根拔起，狐狸在山坡上啃葡萄树。海盗把海岸洗劫一空，纵火烧渔夫的船，夺走他们的渔网。麻风病人住在盐沼泽里，用芦苇搭房屋，谁也不敢靠近他们。乞丐在城里流浪，与狗同食。你能阻止这些事情发生吗？你愿意和麻风病人同榻而眠，把乞丐请到你的餐桌旁来吗？狮子会听你的吩咐，野猪会服从你的命令吗？创造出悲苦的他[2]难道不比你更聪明？因此，你这样做我不赞成，我要你骑上马回到王宫里，脸上做出快乐的表情，穿上合乎国王身份的衣服。我会用金冠给你加冕，把镶珍珠的权杖授到你手里。至于你那些梦，别再去想它们了。这个世界的负担太重，光靠一个人是承载不住的，世上的悲苦太多，只凭一个人的心无法承受。”

---

① 非洲西北部一个黑人民族。

② 指上帝。

“在这殿堂里，你居然说出这样的话?”少年国王说道。他大踏步从大主教面前走过，登上圣坛的台阶，站在基督像前。

他站在基督像前，右手边和左手边是精美绝伦的黄金器皿，盛放着黄色酒液的圣餐杯，装着圣油的圣油瓶。他跪倒在基督像前，巨大的蜡烛在镶宝石的神龛上燃放出明亮的光，香柱的烟盘绕成淡淡的蓝色圆环，升向穹顶。他垂着头祈祷，那些身穿笔挺的法衣的教士，悄然离开了圣坛。

突然，外面街道上传来了纷乱的骚动声。贵族们携着出鞘的剑，擎着光亮的钢盾，身上的羽饰颤动着，闯了进来。“那个做梦的梦中人在哪里?”他们叫嚷着。“打扮得像乞丐的国王在哪里，那个让我们国家蒙羞的少年在哪里？我们一定要杀了他，因为他不配统治我们。”

少年国王重新低下头，继续祈祷。做完祷告后他站起来，转过身去，用悲哀的目光看着他们。

看哪！阳光透过彩绘玻璃，倾泻在他身上。光线围着他织成了一件轻如薄纱的袍子，比他为了消遣而自己设计的那件王袍更美。那根枯死的牧羊杆开花了，开出了比珍珠更洁白的百合。那枝干枯的荆棘开花了，开出了比红宝石更红艳的玫瑰。比最柔润的珍珠更洁白的，是那些百合，它们的梗是白银。比最阳刚的红宝石更红的，是那些玫瑰，它们的叶是金箔。

他穿戴着国王的服饰站在那儿，镶宝石的神龛的门忽地开了，从光芒璀璨的圣体匣的水晶中，射出一道奇迹般的神秘的光。他穿戴着国王的服饰站在那儿，上帝的荣光充满了那地方，连雕花壁龛里的圣徒们好像也在动了。他穿戴着悦目的国王服饰站在人们面前，管风琴奏出了音乐，号手吹响了小号，唱诗班的男童们唱起了圣歌。

民众敬畏地跪倒在地。贵族们把剑插回鞘中，向他致敬。大主教的脸变得苍白，他的手在颤抖。“比我更伟大的他已经为你加冕。”他大声说道，跪倒在他面前。

少年国王从高高的圣坛上下来,从人群中间穿过,朝王宫走去。但是没有一个人敢看他的脸,因为那脸庞正像天使的面容。

公主的生日

这一天是公主的生日。她正好十二岁，王宫的花园里阳光明媚。

虽说她是个真正的公主，一个西班牙公主，但也和很穷的人家的孩子一样，一年只有一个生日。所以，趁此机会，让她过上真正美好的一天，这一点对于整个国家来说，自然是一件极其重要的大事。这确实是真正美好的一天。高大的彩纹郁金香挺直地立在花梗上，像一排士兵，它们用藐视的眼神，望着草地对面的玫瑰花，说道："现在，我们完全跟你们一样光彩照人了。"紫色的蝴蝶扇动着敷金粉的翅膀，轮番造访每一朵花。小蜥蜴从墙上的裂缝里爬出来，在耀眼的白色阳光下晒太阳。石榴被晒热了，毕毕剥剥地裂开来，露出渗血的红心。沿着拱廊挂满了格子花棚架的淡黄色柠檬，似乎从美妙的阳光里了汲取了更绚丽的颜色。木兰树打开一个个层叠的象牙似的大圆球花苞，给空气里注满了浓郁的甜香。

小公主本人和她的玩伴们一起，在露台上走来走去，绕着石头花瓶和长了青苔的古石像捉迷藏。在平常的日子里，大人只允许她和同阶层的孩子们一起玩耍，所以她总是一个人玩；但生日是个例外，国王下了旨意，她可以邀请她喜欢的任何小朋友过来，和她一起娱乐。这些苗条的西班牙孩子身轻如燕地溜过来溜过去，体态庄严优雅。男孩子戴着插了许多羽毛的帽子，披着飘飘荡荡的短斗篷；女孩子托着长长的锦缎裙裾，用银、黑两色的巨大扇子给眼睛遮阳。公主是众人中最优雅的，穿的衣服最有品位，合乎当时那种繁复的时尚。她的袍子是灰色的缎子制成的，裙子和宽大膨起的袖子上用银丝绣满了花，硬挺的胸衣上缀着一排排柔润的珍珠。

她走动的时候,从衣服下面露出一双缀着大朵粉红色玫瑰花结的小拖鞋。她那把大薄纱扇是粉红色夹着珍珠色的,她的头发像一圈暗金的光晕,挺立在苍白的小脸周围,上面插着一朵美丽的白玫瑰。

忧郁的国王从王宫的一个窗口看着他们。他身后站着阿拉贡的唐·彼德罗,他所憎恶的兄弟;他的忏悔师,格拉那达的大宗教审判官,坐在他旁边。此时此刻,国王甚至比平时更忧伤。因为,他看见公主态度庄重,很稚气地对着聚集在她面前的孩子们俯身答礼;看见她用扇子遮住脸,嘲笑那位永远陪伴着她的,严厉的阿布奎克女公爵。这情景令他想起了她的妈妈,年轻的王后。就在不久前——对于他来说,事情似乎就发生在不久前——她来自快乐的国度法兰西,在这个富丽堂皇却阴暗的西班牙宫廷里不幸逝去。孩子出生仅仅半年,她就去世了,来不及看到果园里杏树第二次开花,来不及从庭院中央那棵多节瘤的老无花果树上,撷取第二年的果子,如今那院子里已经杂草丛生。他爱她那么深，不愿受离别之苦，不愿让坟墓把她从他眼前隔开。一个摩尔人医生用香料保存了王后的遗体。那人因为宣传异端邪说，有行巫术的嫌疑，据说已经被宗教裁判所判了死刑。他在这件事上立了功，国王便赦免了他。王后的遗体如今仍然在王宫里的黑大理石小教堂里，躺在绒绣停尸架上。跟十二年前三月里那个起大风的日子里僧侣们把她抬进去时一模一样。每个月里总有一次，国王用黑色的斗篷裹住自己，手里提着一盏灯笼，走进去，跪在她身旁，呼唤着“Mi reina！Mi reina！”[①]在西班牙，礼节约束着人们的一言一行，连国王的悲伤也要受它的限制，可有时他会打破礼节，痛不欲生地抓住她戴着珠宝的苍白的双手，疯狂地吻着她化过妆的冰凉的脸，想把她唤醒。

今天，他似乎又看见她了，就像他在枫丹白露宫[②]第一次看见她时一样。当年他只有十五岁，她

---

① 西班牙语：我的王后！我的王后。

② 在巴黎东南。

更年轻。第一次见面他们就正式订婚了，罗马教皇的使节主持仪式，法国国王和全体大臣出席。他回到埃斯科利亚[①]，带着一小绺黄色卷发，也带着踏上马车时两片稚嫩的嘴唇俯下来吻他的手所留下的记忆。随后是婚礼，很匆促地在布尔戈斯举行，那地方是两国边境上的一个小城[②]。然后是盛大的马德里入城公众欢迎仪式，又依照习俗在拉·阿托恰教堂做了大弥撒，还进行了一次非比寻常、特别庄严的宗教裁判判决仪式，将近三百个异教徒，其中包括许多英国人，被移交给非宗教权力部门，用火刑烧死了。

他确实疯狂地爱着她。当时，为了争夺新世界的帝国地位，西班牙正和英国进行战争。许多人认为，正是他这种行为毁了国家。他从不允许她离开他的视线；为了她，他把一切国家大事都忘在脑后，或者说仿佛忘在了脑后。他做了激情的奴仆，盲目

① 西班牙马德里北面一山城。

② 今为西班牙一省会，也是该省的名称。

到了可怕的程度：居然没有意识到，他为了取悦她所举办的繁复的礼仪活动，只能加重她所患的那种奇怪的疾病。她死后，有一段时间，他简直像一个丧失了理智的人。其实，若不是担心小公主落到他兄弟手里任其摆布，他已经正式逊位，隐退到格拉那达的大特拉普修道院[①]去了，当时他已经是该修道院的名誉院长。而他那个兄弟的残忍秉性，即便在西班牙本国，也是臭名昭著的。许多人还怀疑，是他害死了王后——乘她造访他在阿拉贡的城堡时，送了她一副毒手套。她去世后，国王颁布王室法令，命令王国全境的公众服丧三年；甚至服丧期过后，他也决不容忍大臣们提起再行联姻之事。后来皇帝本人[②]派人来传信，提出把他的侄女，可爱的波希米亚女大公[③]嫁给他；他却吩咐使节回去禀复

---

① 特拉普，天主教西多会中的一派，教规极严，完全素食。

② 指神圣罗马帝国皇帝，神圣罗马帝国早期为统一的国家，中世纪（欧洲约公元476年—公元1453年）演变为一些承认皇帝最高权威的公国、侯国、伯国、宗教贵族领地和自由市的政治联合体。

③ 女大公，神圣罗马帝国公主的称谓。

主人，说西班牙的国王已经和悲哀结了婚，虽然她只是个不能生育的新娘，他却爱她更甚于爱美丽。这个答复使他付出了代价，他失去了在富庶的尼德兰地区几个省份的王权。没过多久，由于皇帝的煽动，在改革教派中一些狂热分子的领导下，那个地区发生了反对他的叛乱。

今天，当他看着公主在露台上玩耍的时候，他的整个婚姻生活，那些狂热的、火红的快乐日子，它突然终结时那种极度的痛苦，仿佛都又回到了眼前。王后举止中俏美的任性，公主全有。她们甩头动作中那种恣意的味儿，美丽而骄傲的弯嘴唇，美妙的笑容——确实是 vrai sourire de France[1]，都一模一样。当她时不时地瞥一眼窗户这边，或者伸出小手给庄重的西班牙贵族亲吻时，他看到了那种笑容。但是孩子们尖锐的笑声刺痛了他的耳朵；明亮而无情的阳光嘲弄着他的悲哀；一种古怪香料的寡

① 法文，真正的法国式微笑。

淡的香味，就像那种用来保存尸体的香料，污染了（这也许是他的幻觉？）早晨的清新空气。他把脸埋在了手中。当公主又一次抬起头来看时，窗帘已经拉下，国王已经离开。

她微微地噘起嘴，耸了耸肩，表示失望。今天是她的生日，他当然应该陪着她的。那些愚蠢的国家事务有什么要紧的？或许，他去那个阴暗的小教堂了吧？那儿永远点着蜡烛，是一个绝不允许她进去的地方。他有多傻呀，阳光这么明媚，人人都那么快乐！还有，号角已经吹响，假斗牛就要开始了，他会错过的。更不必说还有木偶戏和其他非常好玩的节目。她叔叔和大宗教审判官倒是更近情理些。他们已经来到外面的露台上，向她道了贺。于是她摇了摇可爱的小脑袋，拉着唐·彼德罗的手，慢慢地下了台阶，向搭在花园尽头的一座长长的尖顶紫绸遮阳篷走去。其他的孩子，严格地按照地位高低的次序，排队跟随着她，姓名最长的走在最前面[①]。

惟妙惟肖地化妆成斗牛士的一队贵族少年，从遮阳篷里出来迎接她。年轻的新地伯爵，一位大约十四岁的极英俊的少年，以一个仅次于最高贵族的西班牙大公子嗣的全部优雅仪态，向她行过脱帽礼，庄重地引她进去，来到演出场地上方的一个高台上，在一张镶金嵌象牙的椅子里坐下。孩子们簇拥在周围，他们摇着大扇子，轻声交谈着。唐·彼德罗和大宗教审判官笑吟吟地站在入口处。那位女公爵，人称侍从女官，是一个身材干瘦、长相难看，还戴着一轮黄色皱领子的女人，平常总是脾气很坏，此刻看上去也大不相同了。一种像是冰冷的笑容似的表情，从她那张布满皱纹的脸上掠过，牵动了那两片薄薄的、没有血色的嘴唇。

确实是一场了不起的斗牛。公主觉得，比起上

---

① 古代西方贵族的姓名中含有封地、头衔等，名字越长，往往地位越高。

次帕尔马公爵来访时,父亲带她去塞维利亚[1]观赏的真斗牛,这场假斗牛更好看。几个少年把披着色彩浓艳的马衣的竹马夹在胯下,在场子里神气活现地奔跑,手里挥舞着长枪,长枪上挂着用亮色的丝带做的幡,色彩十分鲜艳。另外几个少年徒步走动着,在公牛面前挥动绯红色斗篷;牛向他们进攻时,他们就用手撑着轻轻一跃,跳到栅栏外面。至于公牛本人,他活像一头真牛,却是用柳条架子蒙上牛皮做的。有时他不屈不挠单用后腿满场子跑,这样做是活牛做梦也想不到的。他的斗技也非常棒,孩子们兴奋极了,站到长凳上,挥舞着花边手绢,喊叫着:Bravo toro! Bravo toro![2] 表现得就像大人一样懂事。这一场打斗的时间拖得很长,期间几匹竹马被牛角戳了个透,骑马的人也下了马,最后,总算让年轻的新地伯爵把牛逼得跪倒在地。他请求公主允许他给予牛最后的慈悲一击,得到许可后,便将木

---

① 西班牙南部一省份,西班牙斗牛和弗拉明戈舞的起源地。

② 西班牙语,勇敢的牛!勇敢的牛!

剑插向牛颈。他用力太猛了，直接把牛头弄掉了下来，于是露出了小洛林先生的笑脸，他是法国驻马德里大使的公子。

在热烈的鼓掌喝彩声中，表演场地被清理干净了。两个穿黄黑两色制服的摩尔人男侍庄严地拖走了竹马们的尸体，接下来是一个短插曲：一个法国柔体杂技师表演了一段走绳子。然后，在一个特地为木偶表演而搭建的小舞台上，一个意大利木偶剧团表演了半古典的悲剧《索芬尼士芭》。那些木偶演得非常好，它们的动作极其自然，表演结束时，公主的眼睛里已经噙满了泪花。有几个孩子甚至真的哭了，只好拿蜜饯去安慰他们。大宗教审判官本人也深受感动，他忍不住对唐·彼德罗说，这些只不过用木头和彩蜡做的东西，靠着线的牵引机械地活动着，却如此不幸，遭遇到如此可怕的厄运，真让他难过得受不了[1]。

---

① 作者在这里讽刺大宗教审判官的伪善，他曾经判处许多异教徒火刑。

随后上场的是一个玩杂要的非洲人，手里提着一个扁平的大篮子，上面蒙着一块红布。他把篮子放在场地中央，从缠头巾里取出一根稀奇古怪的芦笛，吹了起来。不多一会儿，红布开始动；笛声越来越尖越来越尖，两条金绿色的蛇从篮子里伸出了奇怪的楔形脑袋，渐渐地昂起，随着音乐声来回摇摆，就像水草在水中摇曳一样。可孩子们还是有些怕它们那长着斑点的颈部皮褶和疾速吐送的舌头。直到玩杂要的人从沙土中变出一小株橘子树，树上开出漂亮的白色花朵，结出一串串真的果子时，他们才高兴了许多。当他从拉斯·托雷斯侯爵的小女儿手里拿走扇子，将它变成一只青鸟，鸣啭着在遮阳篷里到处飞时，他们又惊又喜，快乐得没了边。皮拉尔圣母院礼拜堂跳舞班的男孩子们，表演了庄严的米奴哀舞，他们的表演也非常迷人。这种仪式，每年五月都会在圣母的圣坛前面举行一次，颂扬她的荣光，可公主从来没有看到过。自从一个疯狂的教士（许多人认为他是受了英国女王伊丽莎白的收买)企图用下了毒的圣饼谋害阿斯都里亚王子[1]之后,确实不曾有一个西班牙王室成员进过萨拉戈萨大教堂。所以,公主一向只听人说过有一种什么“圣母舞”,今天看了,觉得确实很美。那些男孩子穿着白色天鹅绒的老式宫廷装,奇特的三角帽边沿垂着白银流苏,帽顶上竖着大束的鸵鸟羽毛。他们在阳光下舞动时,身上的服饰白得耀眼;在他们黝黑的脸蛋和乌黑的长发映衬下,更显得醒目。他们舞动时,那错综复杂的舞姿中透着庄严和高贵;他们那缓缓的动作、庄重的鞠躬,显示出一种精致的优雅。人人都看得入了迷。表演完毕,他们脱下插着羽毛的帽子向公主致意。她非常客气地答礼,并立下誓愿,要送一支大蜡烛到皮拉尔圣母的圣坛上去,报答她赐予的欢乐。

随后,一队漂亮的埃及人——这是那个年代对吉卜赛人的称呼——走进了表演场地。他们盘起

---

① 西班牙王太子的称号。

双腿坐下,围成一圈,开始轻轻地拨动齐特拉琴[1]。随着音乐的节拍,他们摆动着身体,几乎不出声地哼着一支梦幻般的低音曲子。当他们发现唐·彼德罗时,都对他怒目而视。有几个人则显得很害怕,因为就在几个礼拜之前,他在塞维利亚的市场上吊死了他们部落的两个人,罪名是行巫术。但是漂亮的公主把他们迷住了,他们看见她仰靠在椅子上,一双大大的蓝眼睛从扇子后面望着他们,心里觉得很踏实:这么可爱的一个小姑娘,是绝不会残忍地对待任何人的。所以他们继续很轻柔地表演着,只用长而尖的指甲触着齐特拉琴的琴弦。他们的头开始向前点着,仿佛就要睡着似的。突然,一声尖叫响起,所有的孩子都吓了一跳,唐·彼德罗的手赶忙抓住了短剑的玛瑙球柄。只见吉卜赛人全跳了起来,打着手鼓,疯狂地绕围栏转着圈子,用他们那奇怪的带喉音的语言,唱起了狂热的情歌。

① 一种古代拨弦乐器。

然后是又一个信号，他们又全体扑倒在地，安安静静地躺着，只有单调的齐特拉琴的弹奏声打破沉寂。他们这样表演了几回，然后就呼啦一下不见了。过了一会儿，他们用细铁链牵着一头毛茸茸的棕熊，肩上扛着几只巴巴利猿[①]，回到了场子里。那只熊极其认真地倒立起来。那些干瘪的猿和两个男孩子表演起各种逗乐的把戏，两个男孩子似乎是它们的主人。他们用很小的剑打斗，用火药枪开火，还像国王的卫队一样，进行正规的士兵操练。吉卜赛人的表演确实极其成功。

但是，整个上午的娱乐活动中最滑稽有趣的部分，无疑是小矮人的舞蹈。当他蹒跚地迈着罗圈腿，左右摇晃着畸形的大脑袋，跌跌撞撞地走进表演场地时，孩子们爆发出一阵开心的大叫声。公主本人也哈哈大笑，侍从女官不得不提醒她说，在西班牙，国王的女儿在同等级的人面前哭的先例虽然

① 巴巴利，除埃及外北非伊斯兰教国家的总称。

有不少,不过王族公主在出身比她低下的人面前如此开怀大笑的先例却是没有的。但是,那矮人的吸引力实在是不可抗拒。西班牙宫廷以对恐怖事物的雅兴和热情著称,却也从来不曾见过这样不可思议的一个小怪物。对于矮人本人,这也是第一次亮相。他是前一天才被人发现的。当时,有两个贵族在环城的黄檗树林中比较偏僻的地方打猎,他们碰巧看见他在林中狂奔,于是就把他带进了王宫,作为给公主的一个惊喜。他父亲是个贫苦的烧炭夫,能有机会摆脱这样一个丑陋又无用的孩子,没有不乐意的,简直是太乐意了。也许,这孩子最有趣的一点,是他完全没有意识到自己的相貌怪诞可笑。事实上,他看上去开开心心,情绪高昂。孩子们笑的时候,他也笑,而且像所有孩子一样,笑得很自在很快乐。每一支舞结束的时候,他都用最滑稽的姿势向每个孩子鞠躬,向他们点头微笑,仿佛他的的确确就是他们中的一员,并不是一个畸形的小东西,不是大自然在搞怪的心情中设计制造出来供别人取笑的。至于说公主，她绝对把他弄得神魂颠倒了。他的眼睛一刻也离不开她，他仿佛在为她一个人跳舞。演出结束的时候，她记起来，有一回曾经看见宫廷贵妇们向加法莱利扔花束。他是著名的意大利男高音，当时教皇从自己的小教堂把他派到马德里来，希望用他甜美的歌喉来治愈国王的忧郁。于是她从头发上摘下那朵美丽的白玫瑰，一半是开玩笑，一半是要捉弄一下侍从女官，她带着最甜美的笑容，把花丢到场子里给那矮人。他把整件事情看得十分认真，把手放在心口，把那朵花压在他那粗糙的嘴唇上，单膝跪在她面前，笑得嘴巴咧到了耳朵，小而亮的眼睛里闪烁着喜悦的光。

这个举动逗得公主完全失了庄重，小矮人跑出场地后很久，她还在不停地笑，然后她向叔叔表示，希望马上再看一遍小矮人跳舞。可是侍从女官借口说太阳已经升得老高，热得太厉害了，公主殿下最好还是立刻回宫去；宫里已经为她备好精彩的宴会，包括一个真正的生日蛋糕，整个蛋糕上用彩色糖汁精心地写着她的姓名首字母,蛋糕顶上飘着一面可爱的小银旗。于是,公主很高贵很庄重地站起身来,下令让小矮人午睡时间过后去给她再跳一次舞,又向年轻的新地伯爵道了谢,感谢这一番充满情趣的款待。然后她起步回宫,那帮孩子按照来时的顺序跟随在她后面。

小矮人听说要再一次去公主面前跳舞,并且是她本人特别下的令,感到非常骄傲。他跑出去,跑进花园,心醉神迷、荒诞可笑地亲吻着那朵白玫瑰,还做出许多笨拙难看的表示高兴的姿势。

他居然敢闯进花儿们美丽的家里来,花儿们十分愤慨。看见他蹦蹦跳跳地在花园小径上跑来跑去,把手举在头顶上挥舞着,样子那么滑稽可笑,她们再也控制不住自己的情绪了。

“他真是丑得太过分了,不能允许他在任何有我们存在的地方玩耍。”郁金香嚷道。

“他应该去喝罂粟汁,睡上一千年。”巨大的绯红色百合说,她们十分激动和愤怒。

“他是个十足的吓人怪物!”仙人掌尖叫道,“嗯,他是歪冬瓜、矮胖子,他的脑袋和腿完全不成比例。他真让我觉得浑身刺痛,如果他靠近我,我就用我的刺扎他。”

“实际上,他得到了我最好的一朵花,”白玫瑰树大声说,“那是我今天早晨亲自给公主的,是我送她的生日礼物,却被他偷去了。”她大叫,“小偷,小偷,小偷!”把声音拔到了最高。

红色的天竺葵,平时是不怎么装腔作势的,并且大家知道她们自己也有许多穷亲戚。可是连她们看见了小矮人也厌恶地蜷起了身子。紫罗兰温顺地评论说,他确实平凡到了极点,但他也是没办法。天竺葵立刻拿出一副公平正义的派头反驳道,那是他的主要缺陷,没有理由因为一个人的毛病无法矫正,就要恭维他。其实,有些紫罗兰自己也觉得,小矮人的丑陋几乎是一种招摇,如果他带着愁容,至少带着沉思的表情,而不是这样快乐地蹦蹦跳跳,热衷于做这种古怪可笑的傻样子,可能让人看起来会顺眼很多。

至于老日晷,那可是一位极显要的人物,他曾经向一个人报告过时间,那不是别人,而是查理五世皇帝本人。看到小矮人的面貌,他吓了一大跳,几乎忘了用他那长长的影子手指标示时间整整两分钟。他忍不住对栖在栏杆上晒太阳的乳白色大孔雀说,人人都知道,国王的孩子还是国王,烧炭夫的孩子还是烧炭夫;妄想说不,那是很荒谬的。孔雀完全赞同他的高见,她说话其实是在尖叫:“当然,当然。”声音很高很刺耳,引得生活在凉水喷泉池子里的金鱼们把头探出水面,向巨大的特赖登[1]石雕询问究竟发生了什么事。

但不管怎样,鸟儿们喜欢他。从前他们经常在森林里看到他,看见他像小精灵一样追着旋飞的叶子跳舞,看见他蹲在老橡树的树洞里,把他的坚果分给松鼠们吃。他们不介意他长得丑,一点儿也不

---

① 希腊神话中的人身鱼尾海神。

介意。嗨，夜莺晚上在橘林里唱得那么甜美，连月亮也俯下身来倾听，可她的模样也一点儿都不好看呀。还有，他对鸟儿们是那么仁慈。在那个可怕的刺骨的寒冬，树上已没有浆果，地面像铁一样硬，狼群都跑到城门口去找食物了，他却没有忘记他们。他总是从他那一小块黑面包上揪些碎屑给他们，无论他的早餐多么少，他都拿出来和他们分享。

所以鸟儿们围绕着他飞呀飞，飞过他旁边就用翅膀碰碰他的脸，还叽叽啾啾地互相交谈。小矮人很开心，忍不住给他们看那朵美丽的白玫瑰。他告诉他们，花儿是公主本人给他的，因为她爱他。

他说的话他们一个字也听不懂，但是没有关系，因为他们把脑袋偏向一边，表情很聪明，这和听懂一件事一模一样的好，并且容易得多。

蜥蜴们对他也喜欢得不得了。他跑累了，扑倒在草地上休息时，他们就爬到他身上乱蹦乱闹，想用他们最好的方式逗他开心。“不是人人都像蜥蜴一样美丽，”他们嚷道，“那样的期望太高了。虽然这样说听上去有些荒唐，但他其实并不是那么丑——当然是，假如闭上眼睛，不看他的话。”蜥蜴天生极有哲学头脑，如果没有别的事可做，或者在天气不好，老下雨没法出门的时候，他们往往一起坐着思考，一个钟点又一个钟点。

可是，对于蜥蜴们的行为，对于鸟儿们的行为，花儿们分外恼怒。她们说：“这只能表明，那样不停地窜来窜去飞来飞去，会产生多么低俗的影响。受过良好教育的人总是待在同一个地方不移动，比如我们。从来不曾见过我们在花园小径上跳过来跳过去，或者像疯子一样在草地上飞奔着追蜻蜓吧。我们想换换空气的时候，就派人叫园丁来，他会把我们搬到另一处花圃去。这样才尊贵，而且应该这样。可是鸟儿和蜥蜴没有安歇的概念，鸟儿甚至连一个常住地址都没有。他们只不过是些吉卜赛人一样的游民，应该受到跟吉卜赛人一样的对待。”于是她们把鼻子翘到空中，露出十分傲慢的表情。一段时间后，她们十分高兴地看见小矮人从草地上爬起来，穿过露台，向王宫走去。

“他这一辈子余下来的时间肯定要在室内度过了，”她们说，“瞧瞧他的驼背和罗圈腿。”她们吃吃地窃笑起来。

但是小矮人对这一切一无所知。他无限热爱鸟儿和蜥蜴，认为花儿是世界上最奇妙的事物，当然，除了公主之外。她给了他美丽的白玫瑰，她爱他，这就大不一样了。他多么希望自己已经带着她回到了森林里！那样，她就会把他安置在她右首，对着他微笑，他就永远不离开她身边，让她做他的玩伴，教她各种令人高兴的小把戏。他虽然从来不曾进过王宫，却知道很多很多美妙的事情。他会用灯芯草做小笼子，让蝈蝈在笼子里唱歌。他能把长长的有节的竹子，做成笛子吹奏出潘神[1]也爱听的音乐。他知道每一种鸟的叫声，能够把欧椋鸟从树梢上叫下来，把苍鹭从浅湖中唤出来。他熟悉每一

① 希腊神话中的人身羊足、头上有角的畜牧之神，善吹笛。

种动物留下的痕迹，能够循着细小的足印追赶野兔，跟着被踩过的树叶追踪野猪。风的各种舞蹈他都了解：风穿着红衣服同秋天的狂舞，风穿着蓝草鞋在谷物上面跳的舞，风戴着雪的环冠在冬天跳的舞，还有风在春天的果园里跳的花之舞。他知道斑鸠在哪儿筑巢，有一次捕野禽的人捉走了两只老鸟，他就在一棵截去了树梢的榆树的裂缝里为小鸟们造了一间小鸠房，亲自把它们抚养大。它们十分驯顺，习惯了每天早晨他的手给它们喂食。公主会喜欢那些小斑鸠的，也会喜欢在长长的蕨草丛中奔窜的兔子，还有羽毛像钢翎的黑喙的松鸦，还有能把自己的身体团成一个刺球的刺猬，还有爬得很慢，老是摇晃着脑袋，啮食嫩叶的聪明的大乌龟。没错，她一定得到森林里去，和他一起玩一玩。他会把自己的小床让给她，他会在窗外一直守候到天明，确保长角的野牛不伤害她，饿得骨瘦如柴的狼不会潜行到离茅屋太近的地方。黎明时分，他会轻叩百叶窗，把她唤醒。他们就到外面去，在一起跳舞一整天。森林里真的一点儿也不寂寞。有时，会有一个主教经过，骑在一匹白色的骡子上，边走边读着一本有插图的书。有时会有一些猎鹰人，戴着绿丝绒帽子，穿着鞣制过的鹿皮做的无袖紧身短夹克，手腕上栖着头上有冠毛的鹰隼，从林子里走过。到葡萄的收获季节，就会有踩制葡萄汁做酒的人过来，手和脚都染成了紫色，头戴闪着光泽的常春藤花环，携带着滴着酒液的皮革酒囊。晚上，烧炭夫们围着巨大的火盆坐着，守望着干木柴在火中慢慢地烧成木炭，把栗子埋在余烬中烘烤。强盗们从山洞里跑出来，和他们一起取乐。还有一次，他看见一队漂亮的人马蜿蜒行进在长长的、通往托雷多的路上。路上尘土飞扬，僧侣们走在前头，唱着悦耳的歌，扛着鲜艳的旗帜和金十字架。随后走过来的，是手持火绳枪和长矛，披戴着银盔银甲的士兵。士兵们中间走着三个光脚的人，他们手里擎着点燃的蜡烛，身上穿着奇怪的黄色衣服，衣服上面画满了奇妙的图案。当然，森林里有很多东西可以看，如果她累了，他会找一处柔软的、长满青苔的河岸给她休息；或者用手臂把她抱起来往前走，因为他很强壮，虽然他知道自己长得不高。他会用红色的野莓子给她做一条项链，那会和她衣服上装饰的白色浆果一样漂亮可爱。如果她对那些果子厌倦了，可以把它们扔掉，他再给她另找些饰物。他会给她摘些橡碗[①]和浸透露水的银莲花，再找些小小的萤火虫缀在她淡金色的头发里，充当星星。

但是她在哪儿呢？他问白玫瑰，白玫瑰不回答他。整个王宫仿佛睡着了，就连没关上百叶窗的窗户，也垂下了厚重的窗帘来遮挡刺目的阳光。他到处游荡着，想找一个可以进去的入口，最后发现有一扇小便门没有关。他溜进去，发现自己到了一间绚美的厅堂里，他觉得，这厅堂恐怕要比森林绚美多了。那么多镀金的物品，到处都是，连地板也是彩色的大石板铺成的，拼在一起形成了一幅几何图

① 橡树果子的壳斗。

案。但是小公主不在这儿，只有几尊漂亮得惊人的白色雕像从碧玉基座上俯视着他，眼神茫然，唇边带着奇怪的笑容。

厅堂的尽头悬挂着一道绣得很华丽的黑天鹅绒帷幔，上面点缀着星星和太阳，这是国王特别喜爱的图案，而且是用他最喜爱的颜色绣成的。也许她就躲在那后面？无论如何，他要去看一下。

于是他悄悄地溜过去，把帷幔拉开。她不在。里面只不过是另一个房间，他心想，这一间比他刚离开的那一间更加漂亮可爱。墙上挂着一幅绣着许多人物的绿色针织挂毯，那是一幅狩猎图，几位佛莱芒[1]艺术家花了七年多的时间完成的作品。这房间原先是一代国王的寝宫，那疯子国王，人称“傻约翰”，他太喜爱打猎了，经常在精神错乱中想跨上画上那匹扬起前蹄的大马，把一群大猎犬正在围扑的那头公鹿从画上拽下来，吹响行猎的号角，用短

---

① 古代地名，现分属法国、比利时、荷兰三国。佛莱芒画派是17世纪最重要的画派。

剑刺那头正在逃跑的浅色的鹿。现在这房间改作会议室了，中间的会议桌上，放着大臣们的红色文件夹，文件夹上有烫金的西班牙国徽郁金香，还有哈普斯堡皇室[1]的盾形纹章和徽识。

小矮人好奇地环顾着四周，有点儿害怕，不敢再往里走了。画上那些一言不发骑着马的人那么奇怪，他们飞快地驰过一片片林中空地却不发出一点儿声音，在他看来，就好像是他曾经听烧炭夫们讲过的可怕幽灵“坎普拉克”：他们夜间出来打猎，如果看见一个人，就把他变成雌马鹿，然后猎杀他。但是他想起漂亮可爱的公主，心里又有了勇气。他希望找到她时，她是独自一人；他要告诉她，他也爱她。也许，她就在下一个房间里。

他跑过柔软的摩尔地毯[2]，打开了门。没有！她也不在这儿，房间里空无一人。

---

① 当时的西班牙国王属哈普斯堡皇室。

② “摩尔人”是中世纪西班牙人和葡萄牙人对北非穆斯林的贬称，摩尔人实际上是柏柏尔人、阿拉伯人和黑人混合的后裔。“摩尔地毯”即摩尔人制作的地毯。

这一间是觐见室，是国王同意接受拜谒的时候，用来接见外国使臣的，这样的时候近来已经很少有了。很多年前，就在这同一个房间里，英国公使谒见了国王。当时英国女王是欧洲的天主教君主之一，公使的使命是安排女王和皇帝长子的婚事。这个房间挂的帷幔是用镀金的科尔多瓦①皮革做的，黑白相间的天花板上，吊着一个沉甸甸的枝形烛架，上面可以插三百支蜡烛。一个金布大华盖上，用细粒珍珠绣着狮子和卡斯提尔②古塔。华盖下便安放着国王的宝座，宝座上蒙着一块华丽的黑色天鹅绒罩，罩子上缀着白银郁金香，还精致地配着白银和珍珠的流苏。宝座的第二级台阶上放着公主的跪凳，那上面的垫子是银线布做的。再往下，出了华盖的范围，安放着教皇使节的椅子。举行公开典礼之际，只有教皇使节有权当国王的面坐着，并且把他那顶缠着绯红色缨子的主教帽，放在

---

① 西班牙古城，所产皮革在全世界负有盛名。

② 古代西班牙北部一王国。

前面一个紫色小几上。宝座对面的墙上,挂着一张真人大小的查理五世猎装像,他旁边还画着一只大獒。另一面墙中央,挂着一幅菲利浦二世接受尼德兰各省[1]宣誓效忠的画像。两扇窗中间,立着一个黑檀香木陈列橱,橱板上嵌着一些象牙碟,碟子上刻着霍尔班[2]的《死神之舞》中的人物,有人说,这是那位著名的大师亲手雕刻的。

但是,小矮人对这一切的华贵丝毫也不在意。拿华盖上的所有珍珠换他的玫瑰他也不愿,拿宝座本身换他玫瑰上的一片白花瓣他也不肯。他想要的是,在公主去遮阳大篷之前见到她,请求她在他跳舞结束之后,和他一起离开。这儿,在这王宫里,空气是那么闷,那么滞重。森林里却是风儿在自由地吹着,阳光在用游移的金手,拨开颤抖的树叶。森林里也有花儿,也许它们不如这儿园子里的花儿华美,却散发更甜美的芬芳。早春时节,风信子在

---

① 今天的荷兰、比利时、卢森堡和法国东北部一带。
② 16 世纪上半叶的一位德国画家。

清凉的幽谷和长满草的山丘上，荡漾起紫色的浪潮；黄色的樱草在多节瘤的橡树根周围，一小簇一小簇地安了家；还有鲜亮的白屈菜，蓝色的婆婆纳，淡雪青色和金色的鸢尾。榛树上开着灰色的“猫亲戚”①；“狐狸的手套”②上那些蜜蜂常常光顾的斑纹花铃铛，沉甸甸地使她们弯下了腰。栗子树有它们自己的塔尖和白色星星，山楂树有它们自己的苍白美丽的月亮。是的，只要他能找到她，她一定会跟他去！她会和他一起去到那美丽的森林里，为了让她快乐，他会整天地跳舞。这想法在他的眼睛里点亮了笑意，他走进了下一个房间。

在所有的房间中，这一间最明亮最美丽。墙上覆盖着粉红花底的卢卡锦缎，上面的图案是鸟儿，点缀着雅致的银星。家具是大块的白银做的，上面的垂花雕饰是色泽鲜丽的花环和荡秋千的小爱神。

---

① “葇荑花序”的字面意思，类似于穗状的花。

② 洋地黄属植物的字面意思，它们的花形状是一长串铃铛或喇叭状的花朵。

两个大壁炉前面都立着巨大的屏风，屏风上绣的是鹦鹉和孔雀。地板上铺的是海绿色的缟玛瑙，仿佛一直铺向远方似的。房间里不是他一个人。他看见房间的另一端，在门框的影像里，有一个小小的人形在望着他。他的心颤抖起来，嘴里迸发出一声快乐的叫喊。他退到门外，站在阳光里。他这样做的时候，那小人形也照着做，他看得清清楚楚。

公主哦！这是一个怪物，他见过的最难看的怪物。别人的形状都是正常的，他却不是。他的背是驼的，四肢是弯曲的，一个大脑袋有点儿下垂，一头黑发像鬃毛一样。小矮人皱起了眉头，那怪物也皱眉头。他笑，它也跟着笑，并且像他一样，把两只手贴在身侧。他嘲弄地鞠一躬，它也俯身回敬他。他向它走过去，它就迎着他走过来，他走一步它学一步，他停下来它也站住。他感到好玩，叫了起来，跑上前去，伸出了手。怪物的手碰到了他的手，它的手像冰一样冷。他害怕起来，把手移开，怪物的手也迅速地跟着移动。他想推过去，但有一个光滑坚硬的东西挡住了他。现在怪物的脸和他的脸靠得很近,它脸上似乎充满了恐惧。他把头发从眼睛上捋开,它也模仿他。他向他挥拳头,他打一拳它也还一拳。他表示厌恶,它也冲着他做鬼脸。他向后退,它也退了回去。

它是什么呢?他想了一会儿,又看了一遍房间里其余的地方。真奇怪,在那一面看不见的、水一样清澈的墙里,似乎每一样东西都有一个复制品。是的,这边一幅画那边也一幅画,这边一张睡椅那边也一张睡椅。躺在门边壁龛里睡着的弗恩[1],在那边有一个睡着的孪生兄弟。站在阳光里的银维纳斯[2]举着的手臂对面,也有一个同她本人一样可爱的爱与美女神。

它是回音吗?有一次他在山谷里喊她,她用同样的话回答他。她模仿声音,也能模仿眼睛吗?难

---

① 古罗马神话中的半羊的农牧神,相当于古希腊神话中的畜牧神潘。

② 维纳斯是古希腊神话里的爱与美女神。

道她能制造出一个和真世界一模一样的假世界？难道物体的影像也可以有颜色、生命和动作吗？有没有可能是……？

想到这里，他吓了一跳，从胸口取出那朵美丽的白玫瑰，转过身去，吻了一下。怪物也有一朵白玫瑰，每一片花瓣都一模一样！它用同样的动作吻了一下玫瑰，然后用可怕的姿势把它按在胸前。

当他醒悟到真相的时候，他绝望地狂叫了一声，呜咽着倒在地上。原来他就是那个驼背的畸形人，那个让人看了生厌的丑八怪。怪物就是他自己，孩子们的笑，原来是在笑他；他以为小公主爱上自己，怎知她同样只是在嘲笑他的丑陋，拿他的罗圈腿取乐。他们为什么不把他留在森林里？那儿没有镜子告诉他，他是多么面目可憎。父亲为什么没有杀死他，却把他出卖了，让他来受辱？热泪像泉水一样流下他的脸颊，他把白玫瑰撕成了碎片。趴着的怪物也做着同样的动作，把蔫了的花瓣撒到空中。怪物趴在地上，他看它时，它也抬着写满了痛苦的脸在看他。他不想再看见它，便爬到旁边去，用双手捂住了眼睛。他慢慢地爬着，像一只受伤的动物，爬到阴影里，躺在那儿悲泣。

就在这一刻，公主本人带着小伙伴们从敞开的窗户里进了房间。看见丑陋的小矮人躺在地上，用拳头捶着地，样子极其夸张和不可思议，他们不禁放声大笑，站在他四周观看。

“他跳舞很有趣，”公主说，“但他演戏更有趣。其实，他演得几乎和那些木偶一样好，只不过，不用说，没有那么自然。”她摇着她的大扇子，给小矮人喝彩。

但小矮人自始至终没有抬起眼睛，他的呜咽声越来越微弱。突然，他两只手揪着身体的两侧，很奇怪地喘了一口气。然后，他重新瘫下去，十分安静地躺在那儿了。

“你演得极好，”等了片刻之后，公主说道，“但现在你得跳舞给我看了。”

“是啊，”孩子们嚷道，“你得起来跳舞，因为你和巴巴利猿一样聪明,但比它们滑稽得多。”可是矮人没有回答。

公主跺着脚,唤她的叔叔。叔叔正在露台上,和宫廷内侍一起散步,阅览刚送来的墨西哥[1]公文急件。最近,墨西哥的宗教裁判所已经成立。“我这个有趣的小矮人生气了,”她嚷道,“你得把他叫醒,叫他跳舞给我看。”

那两位笑着互相望了一眼,从容地走了进来。唐·彼德罗弯下腰,用他的绣花手套拍拍小矮人的脸颊。“你得跳舞呀,”他说,“petit monstre[2]。你得跳舞。西班牙和东印度群岛[3]的公主要娱乐呢。”

但是小矮人自始至终一动不动。

“应该叫个行鞭刑的人来!”唐·彼德罗不耐烦地说,然后回到露台上去了。但是宫廷内侍神情很严肃,他跪在小矮人身旁,把手放到他的心脏部位。

---

① 当时,墨西哥是西班牙的殖民地。

② 西班牙语,小怪物。

③ 当时,东印度群岛是西班牙的殖民地。

过了一会儿,他耸耸肩,站起来,深深地向公主鞠了一躬。他说——

“Mi bella Princesa[1],你这个有趣的小矮人永远不会再跳舞了。很可惜,他这么丑,本来也许是可以让国王露出笑颜的。”

“可为什么他不会再跳舞了呢?”公主笑着问。

“因为他的心碎了。”宫廷内侍答道。

公主皱起眉头,她那优雅的玫瑰叶嘴唇相当轻蔑地撇了一下。“以后,要让那些来陪我玩的人没有心。”她嚷道,跑出门,到花园里去了。

---

① 西班牙语,我美丽的公主。

渔夫和他的魂灵[①]

每天黄昏，青年渔夫出海去，把渔网撒下水。

风从陆地吹向海洋时，他便什么也捉不到，最多只有一丁点儿收获，因为那是一种长着黑翅膀的很厉害的风，而且汹涌的浪头起来迎接它。但是当风从海洋吹向陆地时，鱼便从海水深处上来，游进他的网里，他就把鱼拿到市场上去卖。

每天黄昏他都出海去。有一天黄昏，起网时分量太重了，他差一点儿没能把网拖进船里。他笑了，自言自语道："我一定是把所有的游鱼全捉住了，要不就是逮到了什么呆头呆脑的怪物，对于人

---

① 在这篇童话中，soul 一词没有精神方面的含义，不宜译作"灵魂"；"魂灵"一词要贴切得多，故作此译，下同。

类来说那可是奇珍异宝哦。也可能我捕到的是伟大的女王想要的一种可怕的东西。”他使出全身的力气，拼命拽那根粗网绳，最后他手臂上长长的青筋暴了起来，就像盘绕在青铜花瓶上的蓝色釉纹一样。他再拉那几根细绳。一圈扁平的软木浮子越来越近，最后，渔网升到了水面上。

但是网里面根本没有鱼，也没有怪物或什么可怕的东西，只有一条睡得正酣的小美人鱼躺在网底。

她的头发像一簇湿漉漉的金羊毛，而每一根头发又像玻璃杯中的一根细细的金线。她的身体像白色的象牙，白银和珍珠是她的尾巴，绿色的海草缠绕着它；她的耳朵像海贝，她的嘴唇像珊瑚。冰凉的海浪拍打着她冰凉的胸，海盐在她的眼睑上闪着晶莹的光。

她那么美，青年渔夫一看见她，心里就充满了惊叹。他伸手把网拉近些，俯下身去，抱住她。他触到她时，她像受惊的海鸥一样叫了一声，醒了。她睁着紫水晶般的眼睛，惊恐地看着他，挣扎着想逃。

但他紧紧地抱着,不肯放她离去。

她知道自己无法逃脱,就哭了起来。她说:"求你放我走吧,因为我是国王唯一的女儿,我父亲上了年纪,很孤单。"

青年渔夫答道:"我不会放你走的,除非你对我许个诺,无论什么时候我召唤你,你就来为我唱歌,因为鱼儿喜欢听海族的歌声,那样我的渔网就能装满了。"

"如果我答应你,你真的会放我走吗?"美人鱼哭着说。

"真的,我会放你走。"青年渔夫说。

于是她按照他的要求许了个诺,并且用海族的誓言起了誓。他松开胳膊,她就带着一种奇特的恐惧,沉到水里去了。

每天黄昏,青年渔夫依然会出海去;他每次都要召唤美人鱼,她就升上水面,为他唱歌。海豚们围绕着她游来游去,野鸥鸟们在她头顶上空盘旋。

她唱的那支歌很奇妙,因为她唱的是自己同伴的故事。有海族:他们把牲畜从一个山洞赶到另一个山洞,把小牛犊扛在肩上。还有特赖登[1]:他们有长长的绿胡须、毛茸茸的胸脯,国王经过的时候他们会吹响螺旋形的海螺。还有国王的王宫:它完全是琥珀的,屋顶是清澈透明的翡翠,地面上铺砌的是明亮的珍珠。还有海底花园:园子里,那里带有透明花纹的珊瑚大扇整天在摇晃着,鱼儿像银色的鸟一样窜来窜去,海葵紧紧地依附在石头上,海石竹雨后春笋般地在呈现纹痕的黄沙上生长。她唱从北方海洋来的大鲸鱼,它们的鳍上挂着尖利的冰凌。她唱塞壬[2],那些海妖的歌声太美妙了,商人们不得不用蜡封住耳朵,以免听到她们唱的故事,跳到海里淹死。她唱那些有高高的桅杆的沉船,冻僵的水手们紧紧地抱着帆缆,鲭鱼穿过敞开的舷窗游进游出。她唱伟大的旅行家小藤壶,它们附着在船

① 希腊神话中的人身鱼尾海神。

② 希腊神话中的半人半鸟的海妖,常用歌声诱惑过路的航海者而使航船触礁毁灭。

的龙骨上，不断地周游世界。她唱住在悬崖边的乌贼鱼，它们伸着长长的黑色触须，能够随意制造黑夜。她唱鹦鹉螺，它们有自己的用蛋白石刻出来的小船，扬着一面丝绸的小帆行驶。她唱那些快乐的男性人鱼，他们弹奏着竖琴，能够把大海怪催眠。她唱一些小孩子，他们能抓住滑溜的海豚，欢笑着骑在它们的背上。她唱美人鱼，她们躺在白色的泡沫里，向水手们伸出臂膀。她还唱海狮和它们那弯弯的长牙，海马和它们那飘动的鬃毛。

她这样唱着的时候，所有的金枪鱼从海水深处游上来聆听。青年渔夫把网撒下去，捉住它们，网没捉住的便用鱼叉去逮。他的小船装满了，美人鱼就对他微微一笑，沉下海去。

但她从不靠近他，不让他触碰到她。他屡屡地呼唤她，祈求她，但她不肯。他企图捉她时，她就一下子钻进水里，像海豹一样迅捷，当天他便再也见不到她了。在他听来，她的声音一天比一天更甜美。她的声音太甜美了，他忘记了他的渔网和他的诡计，忘记了他的打鱼手艺。那些长着“赛银朱”①色的鳍和凸出的金色眼睛的金枪鱼，一大群一大群地游过去，但他视而不见。他的鱼叉搁在身旁闲置着，他的柳条编的鱼篓里空空如也。他张着嘴，眼神呆呆的，只有惊讶。他什么也不做，只坐在船上听她唱，直到海上的雾悄悄地包围了他，浮游的月亮把他棕色的四肢染成银白。

一天黄昏，他呼唤她，对她说：“小美人鱼，小美人鱼，我爱你。让我做你的新郎吧，因为我爱你。”

但是美人鱼摇摇头。“你有一颗人的魂灵，”她答道，“只要你打发走你的魂灵，我就可以爱你了。”

青年渔夫对自己说：“我的魂灵对我来说有什么用呢？我看不见它，我摸不到它，我不认识它。不妨就把它打发走吧，那样我会有更多的喜悦。”他嘴里迸发出一声快乐的叫喊，从上过漆的船上站起来，向美人鱼伸出双臂。“我会打发走我的魂灵，”

---

① 银朱是用硫黄和汞炼成的丹药，也可做颜料。赛银朱是一种可代替银朱的色淀。

他喊道，“你会成为我的新娘，我会成为你的新郎，我们一起住在深深的海里。你歌里唱过的一切你都带我去看，你想要的一切我都去做，我们一生一世不分离。”

小美人鱼高兴地笑了，用手捂住了脸。

“但是我怎样打发走我的魂灵呢？”青年渔夫叫道，“告诉我怎么做，瞧着！我一定照着做。”

“唉！我不知道呀，”小美人鱼说，“海族是没有魂灵的。”她依依不舍地看着他，沉到海水深处去了。

于是，第二天大清早，太阳还没有升到小山顶上一拃[①]高，青年渔夫便来到神父的宅子，在门上敲了三下。

见习修道士从门上的小门往外面张望，看清楚来人后，他拉开门闩，对他说：“请进。”

青年渔夫进了门，跪在地板上铺的芳香的灯芯

① 手掌张开时，大拇指尖到中指尖或小指尖的距离。

草上，喊叫正在诵读圣经的神父，对他说："父啊，我爱上了海族的一个女子，我的魂灵妨碍我满足我的愿望。请告诉我怎样打发走我的魂灵，因为我确实不需要它。我的魂灵对于我有什么价值呢？我看不见它，我摸不到它，我不认识它。"

神父捶打着胸膛，答道："呜呼，呜呼，你疯了，否则就是吃了有毒的草药。魂灵是一个人最高贵的部分，是上帝赐予的，我们应该高尚地使用它。没有任何东西比人的魂灵更宝贵，没有任何尘世的东西可以用来衡量它。它值得上世间的所有黄金，比国王们的红宝石更宝贵。所以，我的孩子，别再想这件事，因为这是一桩不可宽恕的罪。至于说海族，他们迷途了，想和他们来往的人也迷途了。他们就像不辨善恶的兽一样，主[①]不是为他们而死的。"

听到神父这些严厉的话，青年渔夫眼睛里噙满

① 指耶稣。

了泪水。他站起来,对他说道:“父啊,弗恩们住在森林里,很快乐;男性人鱼们抱着红金的竖琴坐在石头上,也很快乐。我求你,让我和他们一样吧,因为他们的日子就像花儿的日子一样。至于说我的魂灵,如果它在我和我所爱的事物中间作梗,它对我有什么益处呢?”

“肉体的爱是污秽的,”神父嚷道,眉头打起了结,“被上帝容忍而在他的世界里游荡的异教事物,都是污秽邪恶的。林地上的弗恩是该诅咒的,海里的歌者也是该诅咒的!夜间我听到过她们,我在拨着念珠祈祷,她们想引诱我停下。她们敲打窗户,发出笑声。她们对着我的耳朵,悄声讲述她们那些危险的乐趣。她们用种种的诱惑来引诱我,我要祈祷时她们对我做鬼脸。她们迷途了,我告诉你,她们迷途了。对于她们而言,没有天堂也没有地狱;无论在天堂还是地狱,都不该让她们颂扬上帝的名。”

“父啊,”青年渔夫嚷道,“你不知道自己在说些什么。有一回我用渔网捉到一个国王的女儿。她比晨星还要美丽，比月亮更加皎洁。为了她的肉体我愿意放弃魂灵，为了她的爱我愿意抛弃天堂。请告诉我想要知道的，让我平静地离去。”

“走开！走开！”神父喊叫着，“你的情人已经迷途了，你会跟着她迷途的。”

神父没有给他祝福，而是把他赶出了门。

青年渔夫朝前走，走进了市场。他走得很慢，耷拉着脑袋，忧伤的人就是这样的。

商人们看见他过来，便交头接耳地开始议论，其中一个迎上去，唤他的名字，对他说：“你有什么要卖？”

“我要把我的魂灵卖给你们，”他答道，“求你们买下它，因为我对它厌倦了。我的魂灵对我有什么用呢？我看不见它，我摸不到它，我不认识它。”

但是商人们挖苦他，他们说：“人的魂灵对我们有什么用呢？它连个破损的银币都不值。把你的身体卖给我们做奴隶吧，我们给你穿一身海紫色的衣服，给你手指上戴个戒指，送去给伟大的女王做奴才。但请不要谈什么魂灵，对我们来说它就是个零，并且没有丝毫的使用价值。”

青年渔夫对自己说：“这是一件多么奇怪的事！神父告诉我魂灵值得上世间所有的黄金，商人们却说它不值一个破损的银币。”他出了市场朝前走，走到海岸上，心里面开始琢磨该怎么办。

中午的时候，他想起自己有一个伙伴，他是个采集圣彼得草①的人。那人曾经告诉过自己，在海湾顶端的一处洞穴里，住着一个年轻女巫，她的巫术非常高明。于是他急忙朝那处洞穴跑去，他太急于摆脱他的魂灵了。他沿着海边的沙滩飞奔，身后扬起一片尘雾。年轻女巫感觉到手掌上痒，知道他正在赶来，她笑了，把她的红头发披散开。她披散着红头发，站在敞开的洞口，手里拿着一枝正在开花的野毒芹。

---

① 一种生长在海岸岩缝间的伞形科多肉植物。

当他气喘吁吁地登上峭壁，向她俯身行礼时，她嚷嚷道：“你缺什么？你缺什么？刮逆风时渔网能捉到鱼？我有一支小芦笛，吹一下，鲻鱼就会流到海湾里来。但东西是有价钱的，俊小伙子，东西是有价钱的。你缺什么？你缺什么？起一场风暴，让船只失事，把装着金银珠宝的箱子冲上岸来？我的风暴比风神还多，因为我侍奉的主人比风神更强大。拿一个漏勺加一桶水，我能把巨大的帆船打发到海底。但我是有价钱的，俊小伙子，我是有价钱的。你缺什么？你缺什么？我认识溪谷里生长的一种花，除了我之外谁也不知。它有紫色的叶子，花心里有一颗星星，它的汁液白得像乳汁。你只要用它触一下王后坚贞的嘴唇，她就会天涯海角跟着你。她会从国王的床上起来，跟着你走遍世界。但东西是有价钱的，俊小伙子，东西是有价钱的。你缺什么？你缺什么？我能在灰浆里捣烂一只癞蛤蟆，做成肉汁，再用死人的手去搅那肉汁。在你的仇敌睡着时把它淋在他身上，他就会变成一条黑色蝰蛇,他自己的母亲会把他杀死。我能用一个轮子把月亮从天上拽下来,能用水晶球让你看见死神。你缺什么?你缺什么?告诉我你的愿望,我会让你的愿望实现,你要付给我价钱,俊小伙子,你要付给我价钱。"

"我的愿望是一件小事,"青年渔夫说,"可是神父对我大发雷霆,把我赶出了门。那只是一件小事,可商人们嘲笑我,拒绝了我。所以我就来找你了,虽然人们称你邪恶。无论你要什么代价,我都会支付给你。"

"你要什么呢?"女巫走近他,问道。

"我要把我的魂灵打发走。"青年渔夫答道。

女巫的脸色唰地白了,她颤抖着,把脸埋在蓝色披风里。"俊小伙子,俊小伙子,"她喃喃地说,"那样做是很可怕的。"

他甩了一下棕色的发卷,笑了。"我的魂灵对我来说是个零,"他答道,"我看不见它,我摸不到它,我不认识它。"

“如果我告诉你方法，你给我什么作为报答？”女巫问，用美丽的眼睛俯视着他。

“五块金币，”他说，“还有我的渔网，我住的枝条编的房子，我出海用的上过漆的小船。只要你告诉我怎样摆脱我的魂灵，我就把所有的财产给你。”

她大声地嘲笑他，用毒芹的枝叶打他。“只要我愿意，我能把秋天的树叶变成黄金，”她回敬道，“用苍白的月光织出白银。我所侍奉的主人比世界上所有的国王还要富有，统治着他们所有的领地。”

“你不要黄金也不要白银，”他嚷道，“那我拿什么给你作代价呢？”

女巫用瘦而白的手拨弄了一下他的头发。“你得和我一起跳舞，俊小伙子。”她悄声道，说话时还对他微笑着。

“就这个？”青年渔夫惊讶地嚷道，站了起来。

“就这个。”她答道，又对他微笑了一下。

“那就在日落的时候我们找个隐秘的地方一起跳舞，”他说，“舞跳完以后，你就把我想知道的事情告诉我。”

她摇摇头。“等到满月的时候,等到满月的时候。”她咕哝道,然后四下里窥望,谛听。一只青鸟从巢中尖叫着升上天,在沙丘上空盘旋。三只斑点鸟在灰蒙蒙的粗糙草丛中沙沙地穿行,互相鸣啭应答。除了波浪摩挲水下光滑的鹅卵石的声音外,再没有别的声响。于是她伸出手,拽他到近前,把她干涩的嘴唇凑到他耳朵上。

“今晚你必须到山顶上去,”她低语道,“今天是安息日,他会来的。”

青年渔夫吃惊地望着她,她露出白牙,笑了。“你说的那个他是谁呢?”他问。

“这不重要,”她答道,“你今晚去那儿,站在鹅耳枥树枝下,等我来到。如果黑狗扑向你,就用柳树棍子打它,它会逃走。如果猫头鹰对你说话,不要搭理它。月圆的时候,我会和你在一起,我们一起在草地上跳舞。”

“你起誓告诉我怎样打发走我的魂灵,行吗?”

他郑重其事地问。

她挪步到阳光下，风掠过她的红发，发出呼噜噜的声音。“我以山羊蹄的名义起誓。”她郑重其事地答。

“你是最棒的女巫，”青年渔夫嚷道，“今晚我一定到山顶上和你一起跳舞。我原以为，你要的肯定不是黄金就是白银。但你既然要这样一个代价，我肯定会满足你，因为这是小事一桩。”他深深地躬下身子，向她行了个脱帽礼，心里充满了巨大的欢乐，飞跑着回镇子去了。

女巫看着他走开。他刚从视野中消失，她就走进洞里，从一只雕花雪松木匣子里，取出一面镜子。她将镜子安在一个框子里，在镜子前面点燃木炭，把马鞭草放在上面焚烧，观察缭绕的烟雾。看了一会儿之后，她愤怒地握紧了拳头。“他本该是我的，”她咕哝道，“我和她一样美。”

那天晚上，月亮升起之后，青年渔夫爬上山顶，站在鹅耳枥树枝下。大海像一个光滑的巨大金属圆盘，躺在他脚下；一只只渔船的暗影，在小小的港湾中移动。一个长着硫黄色眼睛的大猫头鹰，叫唤着他的名字，但他不搭理它。一条黑狗向他冲过来，吠叫着。他用一根柳树棍子打它，它呜咽着逃走了。

午夜时分，女巫们像蝙蝠一样从空中飞来。“哟哟！”她们一边停落在地上，一边嚷，“这儿有一个我们不认识的人！”她们到处嗅嗅，互相交谈着，做一些记号。最后来了那位年轻女巫。她身穿一件绣着孔雀眼睛的金线衣，头戴一顶小小的绿丝绒帽，披散的红发在风中飘扬着。

“他在哪儿？他在哪儿？”女巫们看见她以后，尖叫着问。但她只是笑笑，跑到鹅耳枥树跟前，拉起年轻渔夫的手，引着他来到月光下，开始跳舞。

他们旋舞着，转了一圈又一圈。年轻女巫跳得那么高，他都能看到她的绯红色鞋后跟。接着，舞者们中间响起了马儿奔驰的声音，但是看不见马儿，他感到很害怕。

“再跳快些，”年轻女巫喊道，她举起手臂搂住他的脖子，她的呼吸热烘烘地喷在他脸上。“再快些，再快些！”她喊道，大地似乎在他脚下旋转起来，他的脑子开始发晕。一种非同寻常的恐惧向他袭来，仿佛有某种邪恶的东西正在看着他似的。最后他注意到，在一块岩石的阴影里，有一个先前不存在的人影。

那是一个穿着一袭黑丝绒装的男子，衣服是西班牙款式。他的脸苍白得厉害，但他的嘴唇却像一朵骄傲的红玫瑰。他似乎很疲惫，后仰着身子，一副无精打采的模样，手中玩弄着短剑的球柄。他身旁的草地上放着一顶插着羽毛的帽子，一双有金边护手的骑马手套，手套上用细珍珠缝制着一种奇怪的图案。一件衬着黑貂皮的短斗篷从他肩上披下来，他那双娇嫩的白手上戴着许多戒指。他的眼睑沉重地垂在眼睛上。

青年渔夫就像中了魔咒一样，出神地望着他。最后他们的目光相遇了，他觉得，无论自己跳舞到什么地方，那男子的眼睛都仿佛始终在看他。他听见女巫的笑声，就搂紧她的腰，发狂似的带着她旋转了一圈又一圈。

突然，林子里响起了一只狗的吠叫声，舞者们停下舞步，两个两个地走上前去，跪下，吻那男子的手。她们这样做时，他那骄傲的嘴角现出了一丝笑容，就像鸟儿的翅膀触到水面，激起笑的涟漪一样。但他的笑容里含着轻蔑，他目不转睛地看着青年渔夫。

“来！我们去拜他。”女巫耳语道，想引他过去。她求他时，他心中突然生出了要拜那人的渴望，于是跟随她走上前去。但是当他来到那人近前时，却又很纳闷儿为什么要拜，便在胸前画了个十字，唤了圣子的名字[1]。

他话音刚落，女巫们就像鹰隼一样尖叫着，四散逃离。那张一直在望着他的无血色的脸，在阵痛中抽搐着。那男子一边向小树林跑，一边吹口哨。

---

① 耶稣。

一匹披着银色饰物的母马奔过来迎他。他跳上马鞍时扭过头来,悲哀地看了青年渔夫一眼。

红头发女巫也想逃走,但渔夫搂住她的腰,紧紧地抱着她。

“松开我,”她喊叫着,“放我走。你唤了不该唤的名,做了不该被看到的姿势。”

“不行,”他答道,“你不告诉我秘密,我就不放你走。”

“什么秘密?”女巫说,像一只野猫一样和他搏斗着,咬着自己泛泡沫的嘴唇。

“你知道的。”他郑重其事地说。

她的草绿色眼睛里噙着泪,变黯淡了。她对渔夫说:“问什么都行,除了那个!”

他笑了,比先前更紧地抱着她不放。

她看出来了,自己是无法脱身的,于是悄声对他说道:“我肯定和海的女儿们一样美,像住在蓝色海洋里的女子一样动人。”她向他献媚,把脸贴向他的脸。

但他皱着眉头把她的脸推开,对她说:“如果你不遵守对我许下的诺言,我就把你当作不诚实的女巫杀死。”

她的脸色变灰暗了,就像犹大树[1]开的花。她耸耸肩,咕哝道:“那好吧,反正是你的魂灵又不是我的。你想怎样对待它就怎样对待它。”她从紧身褡里取出一把绿蝰蛇皮柄的小刀,递给他。

“这刀对我有什么用呢?”他很纳闷儿地问。

她沉默了一会儿,脸上掠过一种恐怖的神情。然后,她把前额上的头发捋到脑后,怪怪地笑着,对他说:“人们所说的身影其实并不是身体的影子,而是魂灵的身体。背对月亮站在海岸上,沿着你的脚割开你的影子,也就是你的魂灵的身体,吩咐你的魂灵离开你,就行了。”

青年渔夫发抖了。“这是真的?”他喃喃地问。

“是真的。我真希望没有告诉你这个办法。”她

① 南欧紫荆,相传出卖耶稣的犹大自缢于此种树上。

呜咽着说，抱着他的双膝哭起来。

他推开她，把她弃在杂草丛中，来到山崖边，将那把刀收在腰带里，开始向下爬。

他的魂灵在他体内向他喊叫，对他说："瞧！这些年来我一直和你住在一起，做你的仆人。不要把我打发走呀，我对你使过坏吗？"

青年渔夫笑了。"你没有对我使过坏，但是我不需要你了，"他答道，"世界很大，还有天堂和地狱，还有横陈在天堂和地狱中间的昏暗的暮光之屋。你愿意去哪儿就去哪儿，只是不要再麻烦我，因为我的爱在召唤我。"

他的魂灵凄惨地哀求他，但他不理会。他从一块巉岩跳到另一块巉岩上，脚步像野山羊一样稳健。最后他到了平地，来到黄色的海岸上。

他的四肢呈青铜色，强健结实，就像一尊希腊人制作的雕像。他就这样背对月亮，站在沙滩上。海水的泡沫中伸出白色的手臂向他示意，海浪中升起模糊的形体向他表示效忠。在他前面，躺着他的影子,也就是他的魂灵的身体。在他身后,在蜜色的天空上,悬着月亮。

他的魂灵对他说道:“如果你真的必须把我赶走,请不要让我不带着心离开。世界是残酷的,把你的心给我随身带走吧。”

他微笑着摇摇头。“如果我把心给你,我用什么去爱我的爱人呢?”他嚷道。

“别这样啊,请仁慈些,”他的魂灵说,“把你的心给我,因为世界非常残酷,我害怕。”

“我的心属于我的爱人,”他答道,“所以你别耽搁了,快走吧。”

“难道我就不该爱吗?”他的魂灵问道。

“你走吧,因为我不需要你。”青年渔夫嚷道,他取出绿蝰蛇皮柄的小刀,沿着双脚割开了他的影子。它从地上起来,站在他面前,望着他,它的面貌和他本人一模一样。

他把小刀插进腰带里,悄悄地后退,一种恐惧感袭遍他的全身。“你走吧,”他喃喃地说,“别再让我看见你的脸。”

“不，我们一定会再见的。”魂灵说。它声音很低，就像笛音一样，它说话时嘴唇几乎没有动。

“我们会怎样再见呢？”青年渔夫嚷道，“你不会跟着我下到深海里去吧？”

“我会每年到这地方来一次，呼唤你，”魂灵说，“也许你会需要我的。”

“我会需要你做什么呢？”青年渔夫嚷道，“不过，还是随你的便吧。”说完，他投进了水中。海神特赖登们吹响号角，小美人鱼升上来迎接他，伸出手臂抱着他的脖子，吻了他的嘴。

魂灵孤独地站在海滩上望着他们。他们沉入大海深处之后，它哭泣着穿过沼泽离开了。

一年后，魂灵来到海岸上，呼唤着青年渔夫。他从深深的海水里升上来，说：“你为什么呼唤我呢？”

魂灵答道：“你到近前来，我好和你说话，因为我看见了奇妙的事情。”

于是他上前来，俯伏在浅水里，用手托着脑袋，听它说。

魂灵对他说道："离开你之后，我把脸转向东方，开始旅行。一切聪明的事物都是从东方来的。我旅行了六天，第七天早晨，我来到鞑靼境内的一座小山上。我坐在一棵柽柳的树荫下，躲避太阳。大地干了，热得着了火。人们在平原上来回跑，就像苍蝇在光滑的铜盘子上爬。

"中午时分，一片红色尘雾从大地平坦的边缘升起。鞑靼人看见后，拉开他们的画弓，跳上小马，飞驰着迎了上去。女人们尖叫着逃向大篷车，躲在毡帘子后面。

"黄昏的时候，鞑靼人回来了，但少了五个人，而且回来的人中受伤的不在少数。他们把马儿套上大篷车，急匆匆地驾车离开。三只豺狗从洞中出来，窥望着他们的背影。接着，它们仰起鼻子嗅嗅空气，快步向相反的方向跑去。

"月亮升起时，我看见平原上燃起了一堆营火，就向它走去。一群行商之人披着毯子围坐在营火旁。他们的骆驼拴在他们身后的桩子上，他们的黑人奴仆正在沙地上用熟皮搭帐篷，用仙人掌建起高高的围墙。

“我走到近前时，商人中的头领站起来，拔出剑，问我有什么事。

“我回答说，我是自己国家的一名王子，是从鞑靼人那儿逃出来的，他们想把我变成他们的奴隶。头领笑了，给我看拴在长竹竿上的五颗人头。

“接着他问我谁是神的先知，我回答说是穆罕默德。

“他听见我说出伪先知[①]的名字，就向我鞠躬，握我的手，让我坐在他身边。一个黑人用木碟子给我端来了某种母畜的奶，还给了我一片烤羊羔肉。

“黎明时分，我们就启程了。我骑着一匹红毛骆驼，走在头领旁边。一个打前站的手持长矛，跑

① 穆罕默德是伊斯兰教的先知和真神，而渔夫是基督教徒，所以他的魂灵叙述时称其为伪先知。

在我们前面。武士在两边，骡子驮着货物跟在后面。商队中有四十匹骆驼，骡子的数量是骆驼的两倍。

“我们从鞑靼人的国家进入诅咒月亮人的国境。我们看见格里芬[①]在白色的岩石上看守着它们的黄金，看见身上有鳞片的龙在洞穴中酣睡。翻过大山时，我们屏声静息，以免积雪松动，砸在我们身上；而且每个人头上都扎着薄纱巾，保护眼睛。我们穿过山谷时，俾格米人[②]躲在树洞里向我们射箭。夜间，我们听见野人们擂鼓的声音。来到猿塔跟前时，我们在猿的面前放些果子，它们便不伤害我们。来到蛇塔跟前时，我们用黄铜碗盛热奶给它们喝，它们便放我们过去。我们的旅途中，有三次来到奥克斯河[③]的岸边。我们乘木筏过河，木筏上系着巨大的兽皮气囊。河马怒气冲冲地瞪着我们，想把我

① 古希腊神话里的狮身人面兽。
② 古代传说和历史所述中的居住在埃塞俄比亚和印度的矮人。
③ 中亚细亚一条河的希腊名称，今名阿姆河。

们杀死;骆驼看见它们,便浑身打战。

“每个城的国王都向我们征收过境税,却不允许我们进城门。他们从城墙上扔面包给我们,还有加蜜烤制的小玉米糕和枣泥馅的细粉面饼。每一百篮食物换我们一颗琥珀。

“村民们看见我们来到,便在井里下了毒,逃到小山顶上去。我们和马加代人打仗,他们生下来就是老人,却一年比一年年轻,变成小孩子以后就死去。我们和拉克特洛伊人打仗,他们自称是老虎的子孙,在身上涂满黑黄相间的条纹。我们和奥兰特人打仗,他们把死人葬在树顶上,活人却生活在黑暗的洞穴里躲避太阳;太阳是他们的神,却会杀死他们。我们和克里姆尼亚人打仗,他们崇拜一条鳄鱼,献给它绿玻璃的耳环,用黄油和新鲜禽肉喂它。我们和阿加荣贝人打仗,他们长着狗脸;我们和息班人打仗,他们长着马脚,比马儿跑得还快。我们的同伴三分之一战死了,三分之一饥渴而死,剩下的人抱怨我,说我给他们带来了厄运。我从一块石头下面揪出一条长角的蝰蛇，让它螫我。他们看见我没有中毒症状，都害怕起来。

“第四个月我们到达伊勒尔城。我们来到城墙外的小树林时，已经是晚上，空气很闷热，因为月亮在天蝎宫[1]中运行。我们从树上采摘成熟的石榴，把它们揉碎，喝石榴的甜汁；然后，我们在毯子上躺下，等待天光破晓。

“拂晓时分，我们爬起来，敲城门。城门是红铜铸的，上面雕刻着海龙和长翅膀的龙。守城的兵士从城垛上往下看，问我们是干什么的。商队的翻译回答说，我们是从叙利亚岛来的，带着很多货物。他们收了一些货物做抵押，告诉我们会在中午开城门，吩咐我们在城外等着。

“中午他们打开了城门。我们进城后，城里的人走出家门，成群结队地跑来看我们。一个公告宣读人走遍城里各处，吹着螺号传播我们到来的消

---

① 或天蝎座，天上的星座之一。

息。我们站在市场上，黑人们忙着解下绳子，松开一捆捆花布，打开一只只雕花的西克莫槭木箱子。他们干完活之后，商人们亮出了他们的稀奇货物：上过蜡的埃及亚麻布，上过漆的埃塞俄比亚国家的亚麻布，提尔[①]的紫色海绵，西顿[②]的蓝色帷幔，还有金色的琥珀杯，精致的玻璃器皿和各种奇特的陶制器皿。一座房子的屋顶上，有一群女人在望着我们，其中一位戴着镀金皮革面具。

"第一天僧侣们来和我们做以物易物的交易，第二天来的是贵族，第三天来的是手艺人和奴隶。城里有商人来逗留时，他们一向遵守这样的惯例。

"我们停留了一个月。月缺的时候，我厌倦了，便去城里的大街小巷中闲逛，信步来到本城所敬奉之神的花园里。僧侣们穿着黄色的袍子，静悄悄地在绿树间穿行。黑色大理石铺砌的地上，矗立着一座玫瑰红的建筑，那是神的居所。它的门上涂了粉

① 古代腓尼基的著名港口城市，今属黎巴嫩。

② 黎巴嫩港市。

漆，用光洁的黄金浮雕画绘着公牛和孔雀。篷式屋顶上盖着海绿色的瓷瓦，凸起的房檐边悬挂着小铃铛。白鸽们飞过的时候，用翅膀碰着铃铛，发出叮叮当当的声音。

“庙宇前有一个池塘，是用带纹理的缟玛瑙砌的，池水清澈见底。我在池塘边躺下，用苍白的手指摩挲着宽大的树叶。一位僧侣向我走来，站在我身后。他脚上穿一双便鞋，一只鞋是柔软的蛇皮做的，另一只是用鸟的羽毛编的。他头上戴的僧帽是黑毛毡的，饰着银色的月牙。他的袍子上织着七道黄色，他的卷曲的头发上抹着锑粉。

“过了一会儿他对我发话了，问我有什么愿望。

“我对他说，我的愿望是见到神。

“‘神去打猎了。’僧侣说，用他那双小小的斜视眼睛看着我，眼神很奇怪。

“‘告诉我在哪一片林子里，我要去骑马陪着他。’我回应道。

“他用尖尖的长指甲梳理着长袍子上的柔软的

流苏。‘神睡着了。’他喃喃地说。

“‘告诉我在哪一张卧榻上，我要守望在他身旁。’我回应道。

“‘神在设宴。’他嚷道。

“‘如果酒是甜的，我要与他同饮；如果酒是苦的，我也要与他同饮。’我这样回应道。

“他好奇地低下头，用手抓住我，把我拽起来，引着我进了寺庙。

“在第一间神殿里，我看见一尊神像坐在碧玉宝座上，宝座边沿镶着东方产的大珍珠。神像是用乌木雕成的，尺寸跟真人一般大小。它前额上嵌着一颗红宝石，稠稠的油从它的头发上往下滴，落在它的大腿上。它的脚被新宰杀的小山羊的血染红了，它的腰间束着一条铜带，上面嵌着七颗绿宝石。

“我问僧侣：‘这就是神？’他答道：‘这就是神。’

“‘让我见真神，’我大声说，‘否则我一定会杀死你。’我触了他的手，它就干瘪了。

“僧侣向我求饶，他说：‘请主人医好仆人吧，我

会带主人去见真神。'

"于是我向他手上吹了一口气,它就完好如初了。他浑身战栗着,引我进了第二间神殿。我看见一尊神像站在翡翠莲花台上,莲花台四周悬挂着大颗的绿宝石。神像是用象牙雕成的,尺寸有真人的两倍大小。它前额上嵌着一颗贵橄榄石,它的胸前涂着没药[1]和肉桂油。它一只手握着一根弯曲的翡翠权杖,另一只手握着一颗水晶球。它脚上穿着黄铜高筒靴,粗大的脖子上挂着一个透明石膏圆环。

"我问僧侣:'这就是神?'

"他答道:'这就是神。'

"'让我见真神,'我大声说,'否则我一定会杀死你。'我触了他的双眼,它们就瞎了。

"僧侣向我求饶,他说:'请主人医好仆人吧,我会带主人去见真神。'

"于是我向他眼睛上吹了一口气,它们就复明

① "没药"在东方是一种活血、化瘀、止痛、健胃的药,来自古代伊朗、阿拉伯及东非一带。

了。他再一次浑身战栗,引我进了第三间神殿。瞧啊!这里没有神像,也没有画像之类的东西,只有一面金属圆镜子,安在石头圣坛上。

"我问僧侣:'神在哪儿?'

"他回答我说:'除了你见到的这面镜子,没有别的神,因为这是智慧之镜。它反映出天堂和尘世的一切事物,只除开看镜子的人的脸。它不反映看镜子的人的脸,那样,看镜子的就有可能是聪明人。有许多别的镜子,但它们都只是观点之镜。只有这一面才是智慧之镜。拥有这镜子的人,知晓万事万物,没有一件事物瞒得过他们。拥有这镜子的人,没有智慧是他们不具备的。因此它就是神,我们崇拜它。'我向镜子里面望去,果然和他说的一模一样。

"我做了一件奇怪的事,但我的行为无关大碍,我把智慧之镜藏了起来,藏在距神庙只有一天路程的一个山谷里。请让我回到你身体里,做你的仆人吧,你会比所有的智者更聪明,智慧将属于你。请允许我回到你身体里,那样世上就没有人聪明如你了。”

但是青年渔夫笑了。“爱比智慧好,”他大声说道,“小美人鱼爱我。”

“不,没有东西比智慧更好。”魂灵说。

“爱更好。”青年渔夫答道,他沉入大海深处,魂灵哭泣着穿过沼泽离开了。

第二年过去后,魂灵来到海岸上,呼唤着青年渔夫。他从深深的海水里升上来,说:“你为什么呼唤我呢?”

魂灵答道:“你到近前来,我好和你说话,因为我看见了奇妙的事情。”

于是他上前来,俯伏在浅水里,用手托着脑袋,听它说。

魂灵对他说道:“离开你之后,我把脸转向南方,开始旅行。一切宝贵的事物都是从南方来的。六天里,我沿着通往阿希特城的大路旅行;沿着朝圣者习惯走的那条大路,那条尘土飞扬、被染成红色的路,我旅行了六天。第七天早晨我抬起眼睛，瞧啊！那座城就躺在我脚下，因为它坐落在山谷之中。

“那座城有九个门，每个城门前都立着一匹青铜的马，贝都因人[1]从山上下来时，那些青铜马就会嘶鸣。城墙是包铜的，城墙上的瞭望塔是黄铜做顶的。每个瞭望塔中都站着一名射手，手里持着弯弓。太阳升起时，他用箭敲响铜锣；太阳落山时，他用号角吹响号音。

“我想进城，兵士拦住我，问我是什么人。我回答说，我是一个伊斯兰教苦修教士，正在赶往麦加[2]的路上；麦加有一幅绿色面纱，上面有天使之手用银色字母绣的《可兰经》。他们充满了惊奇，恳请我进城。

“城里简直就是一个集市。你真该和我一起进去看看的。艳丽的纸灯笼像大蝴蝶一样，在狭窄的街道上飞舞着。风从屋顶上刮过时，它们上下飘

---

① 沙漠地带从事游牧的阿拉伯人。

② 穆罕默德诞生地，穆斯林的首要圣地和宗教中心。

浮，仿佛彩色的泡泡。货摊前，商人们坐在丝毯上。他们长着黑色的直胡须，他们的缠头巾上缀满了金币，他们冰凉的手指间滑动着长长的琥珀串和雕花核桃。有的商人售卖波斯树脂和甘松香，还有印度海群岛产的奇异香料、浓稠的红玫瑰油、没药和指甲形状的小片丁香。有人停下脚步搭讪时，他们撒一小撮一小撮的乳香在木炭火盆里，使空气中芳香弥漫。我看见一个叙利亚人手中握着一根芦苇似的细枝条，它冒着一缕缕灰色的烟雾，燃放的香气如同春天里粉红色杏花的芳香。还有些商人售卖压满了米蓝色绿松石花纹的银手镯，带细珍珠流苏的黄铜丝脚镯，安在金底座上的虎爪，还有也安在金底座上的、人称金猫的豹子的爪子，还有穿了孔的绿宝石耳环，中空的翡翠戒指。从茶馆里传来六弦琴的乐音，抽鸦片的人探出他们苍白的笑脸，望着街上的行人。

“真真的，你该和我一起去看看的。酒贩子肩上扛着黑色的大皮囊，用胳膊肘在人群中开路。他们中大多数人卖的是西瑞兹酒,那是一种和蜜一样甜的酒。他们把酒盛在小金属杯里,在上面撒些玫瑰花瓣,卖给顾客。市场上站着水果贩子,他们贩卖各种水果:袒露着擦伤的紫色果肉的成熟无花果,如黄晶一样黄像麝香一样香的甜瓜,以及香橼、番樱桃、一串串白色的葡萄,圆圆的金红色柑橘,还有卵形的金绿色柠檬。有一次我看见一头大象经过。它的长鼻子上涂着朱红色和姜黄色,两只耳朵上罩着一张绯红色的丝绳网。它在一个摊位对面停下脚步,开始吃柑橘,摊主却只是笑。你无法想象他们是多么奇怪的一个民族。他们高兴时,就去找鸟贩子,买一只笼中的鸟儿,把鸟儿放飞,那样他们就更加快乐。他们悲伤时,就用荆棘惩罚自己,以免自己的忧伤减轻。

“一天黄昏,我遇见几个黑人抬着一顶沉重的轿子穿过集市。轿子是用镀金的竹子做的,轿杆上漆着朱红的漆,缀饰着黄铜的孔雀。轿窗上悬着薄薄的麦斯林纱帘,纱帘上绣着甲虫的翅膀,缀着细粒的珍珠。轿子经过时,一个脸色苍白的切尔卡西亚人①从里面向外看,对着我微微一笑。我跟了上去,黑人们加快脚步,瞪起眼睛。但我不介意。我感到自己被一种巨大的好奇心攫住了。

“最后,轿子在一座白色的方形建筑前停了下来。它没有窗户,只有一扇墓门似的小门。他们落了轿,用一柄铜锤在门上敲了三下。一个身穿绿皮子土耳其式长衫的亚美尼亚人,从门上的小门向外窥望。看见来人后,他打开门,在地上铺了一条地毯。那女子下了轿,进门时,她再次回过头来,对我微微一笑。我从没有看见过像她那么苍白的人。

“月亮升起来时,我回到同一个地方寻找那建筑,但是它不复存在了。看到这情形,我明白了那女子是什么人,她为什么对我微笑。

“无疑,你该和我一起去看看的。在新月节,年轻的皇帝从皇宫里出来,去清真寺做祷告。他的头

---

① 高加索人的一支。

发和胡须用玫瑰叶子染过,他的脸颊上扑了一层细细的金粉,他的脚掌和手掌用藏红花染成了黄色。

“太阳升起的时候,他穿着白银的袍子出皇宫;太阳落山的时候,他穿着黄金的袍子回宫去。人们扑倒在地,把脸藏起来,但我不那样做。我站在一个红枣贩子的货摊前,等候着。皇帝看见了我,他扬起画过的眉毛,停了下来。我一动不动地站着,没有向他行礼。人们对我的大胆感到惊讶,劝我逃出城去。我没有听他们的劝告,而是走到贩卖异教神像的人中间,坐了下来。那些人由于他们所从事的行业的缘故,一向被人憎恶。我对他们说了我的所作所为之后,他们每个人都给我一尊神像,祈求我离开他们。

“那天夜里,我在石榴大街一家茶馆里,躺在一块垫子上面。这时皇帝的卫士来了,他们把我带进了皇宫。我每走进一道门,他们就在我身后把门关上,并且用铁链锁住。里面是一个巨大的庭院,庭院里有一条环绕四周的拱廊。墙壁是白色的雪花石膏做的,零零星星地贴着蓝色和绿色的瓷砖。柱子是绿色大理石的,地上铺着一种桃花大理石。此前我从未见过那样的东西。

“我穿过庭院的时候,两个蒙着面纱的女子从露台上往下看,诅咒我。卫士们加快了脚步,长矛的末端磕在光洁的地面上,叮叮咚咚地响。他们打开一道装饰精美的象牙门,我发现自己到了一个有七个露台、有河流的花园里。里面种着香曼陀罗、银斑芦荟和开着杯状花朵的郁金香。一道喷泉悬在阴暗的空中,仿佛一根细长的水晶芦苇。一棵棵柏树,犹如一支支燃尽了的火炬。其中一棵树上,有一只夜莺在歌唱。

“花园尽头,立着一个小小的亭阁。我们走到它近前时,两个阉奴出来迎接我们。他们走动时,肥胖的身体左右摇晃着;他们睁着黄色眼睑的眼睛,好奇地看着我。其中一位把卫士长拉到一旁,用低低的声音对他耳语。另一位装腔作势地从一只淡紫色的椭圆形珐琅盒子里取出香糖,不停地咀嚼着。

“片刻之后，卫士长把卫士们遣散了。他们回皇宫去，两个阉奴缓缓地跟在他们后面，一边走，一边从树上采甜桑葚吃。其中一位回过头来，不怀好意地对着我笑。

“卫士长推着我走向亭阁的入口。我丝毫也不打战地往前，拉开厚重的帷帘，走了进去。

“年轻的皇帝伸展四肢，靠在铺着染过色的狮皮的长榻上，手腕上栖着一只冰岛矛隼。他的身后，站着一个包着黄铜色缠头巾的努比亚人[1]，上身一直赤裸到腰部，两只开裂的耳朵上垂着沉甸甸的耳环。长榻旁边的桌子上，放着一把偃月形大钢刀。

“皇帝看见我，就皱起了眉头。他对我说：‘你叫什么名字？你不知道我是这城里的皇帝吗？’但我不搭理他。

“他用手指了一下偃月刀，那努比亚人便抓起

① 努比亚为非洲东北部一地区，包括苏丹北部和埃及南部沿尼罗河一带。努比亚人是黑人。

刀,冲上前,对着我极其猛烈地砍了下来。刀刃嗖地劈过我的身体,却没有伤害到我。那汉子却扑倒在地上,他爬起来之后牙齿格格地打战,吓得躲到了长榻后面。

“皇帝跳起来,从兵器架上操起一杆长矛,掷向我。我一把将它截住,将长矛的柄一折两段。他又向我射来一支箭,但我两手一举,箭就停在了半空中。接着他从白色皮带里抽出一柄短剑,一剑刺穿了努比亚人的喉咙,以防那黑奴把他丢脸的事情说出去。那汉子像一条被人踩断脊骨的蛇一样,扭动几下,嘴巴里冒出了红色的泡沫。

“他一死,皇帝便转过身来对着我。他拿出一块带花边的紫色丝绸小手绢,擦去前额上亮晶晶的汗珠,然后对我说道:‘你是一个先知,我没法伤害你?或者你是先知的子孙,我无法让你受伤?我祈求你今晚就离开,因为如果你在城里,我就不再是这城的主人。’

“我回答他说:‘得到你一半的财宝,我就走。

把你一半的财宝给我，我就离开。'

“他拉着我的手，引我来到外面的花园里。卫士长看到我，感到惊讶。两个阉奴看见我，双膝发抖，恐惧得跪倒在地。

“皇宫里有一间厅房，它有八面红色云斑石的墙壁，黄铜封盖的天花板上装着吊灯。皇帝触摸了其中一面墙，它就开了，我们走进一条点燃着许多支火炬的通道。两边墙上的壁龛里，立着巨大的酒坛子，坛中的银币装满到了坛子的边沿。我们走到通道中央时，皇帝说了那句不可以说出来的话，一道有秘密机关的花岗岩大门便向内打开了。他用双手蒙住眼睛，免得目眩。

“你无法相信门里面是一个多么奇妙的所在。一只只巨大的龟壳里装满了珍珠，一块块中空的巨型月光石内堆满了红宝石。黄金贮存在大象皮做的柜子里，金粉盛放在皮酒囊中。还有蛋白石和蓝宝石，蛋白石装在水晶杯里，蓝宝石盛在翡翠杯中。一颗颗滚圆的绿玉，整整齐齐地排放在一只只薄薄的象牙碟子上。一个角落里堆满了丝绸口袋,有的里面装的是绿松石,还有装的是绿柱石。象牙角杯里紫晶堆得满满,黄铜角杯里盛满了肉红玉髓和黄玉髓。一根根雪松柱子上,挂着一串串黄色山猫石。扁平的椭圆形盾牌里,堆放着红玉,有葡萄酒色的,也有草绿色的。说了这么多,我也只告诉了你十分之一。

“皇帝把手从脸上放下来之后对我说道:‘这是我的藏宝屋,恰如我对你承诺过的,里面的一半财宝归你了。我会给你骆驼和赶骆驼的人,他们会听你的吩咐,把你那份财宝送到这世界上你想去的任何地方。今晚事情就会安排妥当,因为我不想让太阳——那是我的父亲,看见我的城里面有一个我杀不死的人。’

“但我回答他说:‘这里的金子是你的,银子也是你的,珍贵的珠宝和值钱的东西都是你的。至于我,我不需要这些玩意儿。我什么都不会拿你的,只要你戴在手指上的那一枚小小的戒指。’

“皇帝皱起了眉头。‘这只是一枚铅戒指，’他嚷道，‘不值什么钱的。所以，你还是取走一半财宝，离开我的城吧。’

“‘不，’我答道，‘我什么也不取，只要那枚铅戒指，因为我知道它里面写着什么，有什么用途。’

“皇帝浑身哆嗦起来，他央求我说：‘把所有的财宝都拿走，离开我的城吧。我那一半也全都归你。’

“我做了一件奇怪的事，但我的行为无关大碍，因为我把那只财富戒指，藏在了距离这地方只有一天路程的山洞里，正等着你去呢。一个人拥有了那戒指，就比全世界所有的国王更富有。所以啊，你快去取吧，戒指到手，世上的财富就都归你了。”

但是青年渔夫笑了。“爱比财富好，”他大声说道，“小美人鱼爱我。”

“不，没有东西比财富更好。”魂灵说。

“爱更好。”青年渔夫答道。他沉入大海深处，魂灵哭泣着穿过沼泽离开了。

第三年过去后，魂灵来到海岸上，呼唤着青年渔夫。他从深深的海水里升上来，说："你为什么呼唤我呢？"

魂灵答道："你到近前来，我好和你说话，因为我看见了奇妙的事情。"

于是他上前来，俯伏在浅水里，用手托着脑袋，听它说。

魂灵对他说道："在那边我认识的一个城里，有一家傍河而立的客栈。我和几个水手坐在里面喝两种颜色不同的酒，吃大麦做的面包，还有一条浇了醋、放在月桂叶子上的小咸鱼。我们正坐着取乐，一个老人进了客栈，向我们走来。他随身带着一条皮毡子，一张带两个琥珀角的诗琴。他把皮毡子铺在地上，然后用一根翎管拨动起诗琴的琴弦。一个蒙着面纱的女孩跑进来，开始在我们面前跳舞。她的脸上蒙着薄纱，她的脚却赤裸着。她那赤裸着的双脚，在皮毡子上移动着，像两只小小的白鸽。我从没见过如此奇妙的情景，她跳舞的那个城，距离这地方只有一天的路程。”

青年渔夫听了他的魂灵说的这番话，记起小美人鱼没有脚，不会跳舞。一种强大的欲望攫住了他，他对自己说：“只有一天的路程，我能回到我爱人身边的。”他笑了，从浅水中站起身，大踏步向岸边走来。

上岸后他人到了干地上，又笑了。他向他的魂灵张开双臂，他的魂灵发出一声快活的大叫，迎着他奔过来，进入了他的身体。青年渔夫看见自己身体的影子在面前的沙滩上伸展开来，那正是他的魂灵的身体。

他的魂灵对他说：“我们不要耽搁，立刻就动身吧，因为海神们爱嫉妒，又有海怪听他们的吩咐。”

于是他们匆忙上路了。那天夜里，他们通宵都在月光下旅行；第二天，他们整日都在太阳底下旅行。黄昏时分，他们来到了一座城。

青年渔夫对他的魂灵说：“你和我说的那个女孩，她就是在这座城里跳舞的吗？”

他的魂灵回答说:“不是这座城,是另一座。不过我们还是进去吧。”于是他们进了城,在大街上穿行着。经过珠宝商大街时,青年渔夫看见一个货摊上摆着一只漂亮的银杯。他的魂灵对他说:“取走那银杯,藏起来。”

于是他取走银杯,藏在短袖束腰长外衣的褶皱里。他们匆忙出了城。

他们出城走了一里格[①]之后,青年渔夫皱起眉头,把杯子扔了。他对他的魂灵说:“你为什么叫我取走杯子藏起来呢?这可是干坏事哟。”

但是他的魂灵答道:“安静些,别激动。”

第二天黄昏时分,他们来到了一座城。青年渔夫对他的魂灵说:“你和我说的那个女孩,她就是在这座城里跳舞的吗?”

他的魂灵回答说:“不是这座城,是另一座。不过我们还是进去吧。”于是他们进了城,在大街上穿

① 里格为旧时长度单位,一里格约五公里。

行着。经过檀香木商贩大街时,青年渔夫看见一个孩子站在一罐水旁边。他的魂灵对他说:"狠狠地揍那个孩子。"于是他狠狠地揍那孩子,直到他哭起来。干完这件事,他们匆忙出了城。

他们出城走了一里格之后,青年渔夫发起火来。他对他的魂灵说:"你为什么叫我狠狠地揍那孩子? 这可是干坏事哟。"

但是他的魂灵答道:"安静些,别激动。"

第三天黄昏时分,他们来到了一座城。青年渔夫对他的魂灵说:"你和我说的那个女孩,她就是在这座城里跳舞的吗?"

他的魂灵回答说:"也许就是这座城,那么我们进去吧。"

于是他们进了城,在大街上穿行着。但是青年渔夫到处都找不到那条河,找不到傍河而立的那家客栈。城里的人好奇地看他,他害怕起来,对他的魂灵说:"我们这就走吧,因为那个用雪白的脚跳舞的女孩不在这儿。"

但是他的魂灵回答说:“不,我们在这儿过夜吧,因为夜色很黑,路上会有强盗。”

于是他在市场上坐下来休息。过了一段时间,一个包着头巾的商人从旁走过,他披着一件鞑靼布料的斗篷,用一根有节的芦苇,挑着一盏有玲珑孔洞的牛角灯笼。商人对他说:“你为什么坐在市场上呢,没看见货摊已经收了,货物已经捆扎起来?”

青年渔夫答道:“在这城里我找不到一间客栈,也没有一个亲戚可以留我住宿。”

“难道我们不都是亲戚吗?”商人说,“不是同一个神创造了我们?所以跟我来吧,我有一间客房。”

于是青年渔夫站起身来,跟着商人去他的家。他们穿过一个石榴园,进到宅子里之后,商人用铜盘子端来玫瑰水,给他洗手;拿来成熟的甜瓜,给他解渴;又在他面前奉上了一碗米饭,一块烤小山羊肉。

他吃完后,商人领他去客房,祝他睡得香,休息得好。青年渔夫道了谢,吻了商人手上的戒指,然后扑倒在染过色的山羊毛毯子上。他用一条黑色羔羊毛被子盖好自己,然后就睡着了。

黎明前三小时,仍然是黑夜的时候,他的魂灵把他唤醒,对他说:“起来,去商人的房间,就去他的卧室,杀死他,取走他的黄金,因为我们需要金子。”

青年渔夫起了床,蹑手蹑脚地去到商人的房间。商人的脚上放着一柄弯刀,商人身边有一个托盘,里面放着九袋黄金。他伸出手,去摸弯刀。他碰到刀时,商人惊醒了,他跳起来,把刀抓在自己手里,对青年渔夫喊道:“你竟然以怨报德,用流血来报答我对你的一片好心?”

青年渔夫的魂灵对他说:“打他。”他就把商人打昏过去,然后抓起九袋黄金,急匆匆地穿过石榴园逃走了。他面朝晨星向前走。

他们出城走了一里格之后,青年渔夫捶着胸膛,对他的魂灵说道:“你为什么吩咐我杀死商人,取走他的金子?你确实很坏。”

但是他的魂灵答道:“安静些,别激动。”

“不，”青年渔夫嚷道，“我安静不下来，因为我恨你促使我所做的一切。连你我也恨，我命令你说实话，你为何要这样影响我。”

他的魂灵答道：“你打发我离开你出去闯世界的时候，并没有给我一颗心，所以我学会了干所有这类事情，并且很爱干。”

“你说什么？”青年渔夫喃喃地说。

“你明白的，”他的魂灵答道，“你明白得很。难道你忘了，你并没有给我一颗心？我不相信。所以啊，不要为难你自己，也不要为难我。安静些，因为没有痛苦是你不该抛弃的，没有欢乐是你不该接受的。”

青年渔夫听了这番话，浑身发抖。他对他的魂灵说道：“不，你是个坏东西。你使我忘记了我的爱人，你用魔道来引诱我，让我的脚踏上了罪恶之路。”

他的魂灵回应道：“你并没有忘记，你打发我离开你去闯世界的时候，并没有给我一颗心。来吧，我们去下一个城，去寻欢作乐，因为我们有九袋黄金。”

但是青年渔夫拿起九袋黄金，砸在地上，用脚踩。

“不，”他嚷道，“我不想和你搅在一起了，也不会再和你去任何地方旅行。就像以前我把你打发走一样，现在我要再把你打发走，因为你对我没有好影响。”他转过身去，背对着月亮，取出那把绿蝰蛇皮柄的小刀，使劲儿要沿着双脚割开他的影子，也就是他的魂灵的身体。

可他的魂灵不肯离开他，也不听从他的命令，却对他说：“女巫告诉你的咒语已经对你没有助益，因为我不可以离开你，你也不可以赶我走了。一个人一生有一次机会可以打发走他的魂灵，但这个人重新接受他的魂灵之后，就必须永远留着它，这是对他的惩罚，也是给他的奖赏。”

青年渔夫脸色苍白，攥紧拳头，大声叫喊：“她是个不诚实的女巫，因为她没有告诉我这个。”

“不,”魂灵回应道,“她对她所崇拜的那个他是诚实的,她会永远做他的仆人。”

青年渔夫知道,他再不能摆脱他的魂灵了,它是一个邪恶的魂灵,将永远和他待在一起。他倒在地上,凄惨地哭泣着。

白昼来临,青年渔夫站起来,对他的魂灵说:“我要绑住我的双手,不让自己照你的吩咐去做;闭上我的双唇,不让自己按你的意思去说。我要回到我爱的人居住的地方去,也就是回到大海去,回到她经常在那儿唱歌的小海湾里去;我要呼唤她,告诉她我做过的坏事和你对我施加过的坏影响。”

他的魂灵诱惑他说:“你的爱人是什么人,你必须回到她身边去吗?世上有许多比她更美丽的人。有萨马利斯的舞女,她们学各种鸟兽的样子跳舞。她们的脚用散沫花[①]染过,她们的手里握着小铜铃。她们一边笑一边跳舞,她们的笑声像水的笑声一样

---

① 植物染料,可染指甲、头发、眼皮等。

清澈。随我来,我引你去看她们。这与你忧虑的罪恶之事有什么关系?难道美味可口的东西不是做了给人吃的吗?难道香甜的饮料里一定有毒药?不要自寻烦恼了,随我去另一个城吧。紧靠这地方,有一个小城,城里有一个郁金香花园。那秀丽的花园里,住着白孔雀和蓝胸孔雀。它们的尾翎对着太阳张开时,就像象牙的碟子,就像镀金的碟子。喂它们的那个女子,跳舞逗它们开心。有时她跳舞手着地,有时她跳舞用脚。她的眼睛闪着锑色的光彩,她的鼻子形状像燕子的翅膀。她的一个鼻孔里,一只钩子上悬着一朵珍珠雕成的花儿。她一边笑一边跳舞,脚踝上的银镯子像银铃一样叮叮当当地响。所以啊,不要自寻烦恼了,随我去那个城吧。"

但是青年渔夫没有搭理他的魂灵,他只用沉默的封条封住双唇,用紧绷绷的绳子捆住双手,向着他所来的地方,踏上了回归的旅程,也就是回到他爱人经常在那儿唱歌的小海湾里去。一路上,他的魂灵不罢休地诱惑他，但他不搭理它，不做它企图促使他去做的任何坏事。他的心里，爱的力量是那么伟大。

到达海岸后，他松开手上的绳子，从嘴上揭下了沉默的封条，呼唤着小美人鱼。但她没有应他的召唤而来，虽然他唤了她一整天，并且哀求她。

他的魂灵嘲笑他，它说："你肯定没有从你爱人那里得到多少快乐。你就像一个死期已至还在用竹篮打水的人一样。你付出所有，却得不到丝毫回报。最好还是随我来吧，因为我知道欢乐谷在什么地方，知道那儿在制造什么东西。"

但是青年渔夫不搭理他的魂灵，他在一块开裂的岩石中用树枝为自己搭了一间小屋，在里面住了一年之久。每天早晨他呼唤美人鱼，每天中午他再一次呼唤她，每天晚上他念她的名字。但她一直没有升到海面上来见他；他在大海的洞穴中，在浅水区[1],在潮水留下的水潭里,在海底的井里……到处找她,但任何地方都不见她的踪影。而他的魂灵一直在引诱他入邪道,悄声对他说些可怖的事情。但它没能战胜他,他的爱的力量是那么伟大。

那一年过去之后,魂灵暗自思忖:“我用邪恶诱惑我的主人,他的爱力量比我强大。现在我要用善去诱惑他,也许他会跟随我的。”

于是他对青年渔夫发话了,他说:“我对你讲过世间的快乐,你对我的话充耳不闻。现在请允许我对你讲世间的痛苦,也许你会愿意听。说实在的,其实痛苦是这世界的主人,没有一个人能逃得过它的罗网。有的人缺乏衣服,有的人短少面包。有的寡妇穿破衣,有的寡妇着紫袍。麻风病人在沼泽地里来回走动,他们对待彼此凶残狠毒。乞丐们在大路上东奔西跑,他们的口袋里空空如也。饥荒在城里的大街上行走,瘟疫坐在城门口。来吧,让我们

① 原文为 the green water,绿水区,指大海三十米以上的浅水区,超过三十米深为 the blue water,蓝水区,深水区。

前去改正这些事,不让它们再发生。你明知道你的爱人不肯应你的召唤,为什么还要一直待在这儿唤她呢?爱究竟是什么,你居然把它看得如此之重?"

但是青年渔夫没有搭理这番言语,他的爱的力量是那么伟大。每天早晨他呼唤美人鱼,每天中午他再一次呼唤她,每天晚上他念她的名字。但她一直没有升到海面上来见他;他在通大海的河流里,在波涛下面的山谷中,在被黑夜染成紫色的海里,在被黎明映作灰色的海里……到处找她,但任何地方都不见她的踪影。

第二年过去后,青年渔夫的魂灵,乘着夜间他独自在树枝搭建的小屋里坐着的机会,对他说:"瞧!我已经用邪恶诱惑过你,也已经用善来诱惑过你,你的爱的力量比我强大,所以我不再诱惑你,只求你允许我进入你的心,那么我就可以像从前一样,和你成为一体。"

"你当然可以进去,"青年渔夫说,"因为你在没有心的日子里,在世上四处漂泊,一定受了不少苦。”

“唉!”他的魂灵嚷道,“我找不到入口,你的这颗心被爱包裹得太严了。”

“我倒是希望自己能够帮你一把。”青年渔夫说。

他的话一出口,大海里就响起了一声极悲恸的大叫,这叫声是海族里死了人的时候才会听到的。青年渔夫跳起来,跑出树枝搭建的小屋,来到海岸上。黑色的浪涛疾速地向岸边涌来,浪尖上载着一个比白银更白的物体。它像浪花一样白,像鲜花一样在浪头上颠簸着。浪花把它从浪头上接过去,泡沫又把它从浪花上接过来,然后海岸接受了它,把它放在青年渔夫脚下,于是他看见了小美人鱼的身体。她躺在他脚下,已经死了。

他哭得像一个被痛苦所摧毁的人一样。他扑倒在她身边,吻着她冰冷的红唇,摩挲着她湿琥珀一样的头发。他扑倒在她身边的沙滩上,哭得像一个因快乐而颤抖的人一样,用褐色的臂膀紧紧地把她搂在胸前。她的双唇已经冰凉,但他依然吻着它。她的甘甜的秀发已经咸涩,但他依然带着苦涩的快乐品尝着它。他吻着已经闭上的眼睑,她眼窝上溅着的海水还不及他的眼泪咸。

他对着死去的人儿忏悔起来。他向她耳朵里倾倒着他的故事之苦酒。他拿起那双小手,搭在他脖子上;他用手指轻触着她细细的喉管。他的快乐非常、非常苦涩,他的痛苦中充满了一种奇怪的愉悦。

黑色的大海在逼近,白色的泡沫像麻风病人一样呻吟着。大海用泡沫的白色爪子抓挠着海岸。从海王的王宫里又传来了悲恸的哀号,远处的海面上,那些非凡的海神特莱登嘶哑地吹着他们的号角。

"快逃吧,"他的魂灵说,"大海在不断逼近,你再耽搁的话,会被它杀死。快逃吧,看到你的心由于爱的力量之伟大,对我关闭着,我很害怕。快逃到安全的地方去。我还没有心,你一定不会就这样打发我去另一个世界吧?"

但是青年渔夫不听他的魂灵，只管呼唤着小美人鱼，他说：“爱比智慧更好，比财富更宝贵，比人类的女儿的脚更美丽。火烧不坏它，水浇不灭它。黎明时我呼唤你，你不应我的召唤而来。月亮听见我念你的名字，你依然不理睬我。是我不好，我离开了你，我到处漂泊害了自己。但你的爱始终和我在一起，它永远强烈，任何事物都不能战胜它，尽管我面对过恶也面对过善。现在你死了，我一定要陪着你一块儿死。”

他的魂灵哀求他离开，但他不肯，他的爱太伟大了。大海越逼越近，想用浪涛盖住他；他明白，最后的时辰正在临近，便用他那疯狂的嘴唇吻了美人鱼冰凉的嘴唇，他的心就破裂了。他的心因为充满了爱而破裂，魂灵就找到了一个入口进了他的心；于是又像从前一样，他的魂灵和他成了一体。大海用浪涛盖件了青年渔夫。

早晨，神父前去祝福大海，因为它一直在骚动着。修道士，乐师，持蜡烛的，摇香炉的，还有一大群人，跟着他一块儿去。

神父到达海岸上时，看见青年渔夫被海浪淹死了，躺在那儿，臂弯中紧紧地抱着小美人鱼的尸体。他皱着眉头往后退，画着十字，高声大叫着说："我不会祝福大海和大海里的任何东西。海族是该诅咒的，和他们来往的所有人都是该诅咒的。至于这个人，他为了爱的缘故背弃了上帝，所以和他那个被上帝的审判杀死的情妇一起躺在这儿。抬走他和他情妇的身体，把他们埋在漂布地[①]的角落里，不要在埋他们的地方竖任何标志，也不要做任何记号，那样就不会有人知道他们安息的所在。因为他们活着时受诅咒，死了以后也该受诅咒。"

人们按照他的命令去做。在漂布地的角落里，那没有一棵香草生长的地方，他们挖了一个深坑，把两具死尸放在里面。

---

① 典出《圣经·以赛亚书》："耶和华对以赛亚说，你和你的儿子施亚雅述出去，到上池的水沟头，在漂布地的大路上，去迎接亚哈斯。"漂布地为水源充足的开阔地，因被漂布液污染而寸草不生。

第三年过去后，在一个祭日，神父去主持礼拜，他要给人们看主的伤痛[1]，给他们讲解上帝的愤怒。

他自己穿好法衣，走进小礼拜堂。他在圣坛前行礼的时候，看见圣坛上覆盖着以前从未见过的奇异的鲜花。花儿的模样很奇特，而且美得不同寻常。它们的美使他心乱，它们的气味使他的鼻子里充满了芳香。他感到快乐，却不明白自己为什么快乐。

然后他打开圣龛，对里面的圣体匣敬了香，向人们展示清白无污的圣饼，然后盖上遮布，把它藏回到帷幔后面，开始对人们布道。他想给人们讲解上帝的愤怒，但是那些白色花朵的美使他心乱，它们的气味使他的鼻子里充满了芳香，从他的嘴里就说出了另外的话。他没有讲解上帝的愤怒，而是讲了名字叫作爱的上帝。为什么自己会这样讲，他不知道。

---

① 指耶稣被钉在十字架上所受的伤。

他的话讲完之后，人们哭了。神父回到圣器室，眼睛里饱含着泪水。执事们走进来，给他脱法衣：脱下白麻布长袍，解下腰带、左臂上佩的饰带[1]和圣带。他像梦中人一样站在那儿不动。

他们给他脱完法衣之后，他看着他们，问道："圣坛上放的是什么花？是从什么地方来的？"

他们回答他说："是什么花我们说不上来，但它们是从漂布地的角落里采来的。"神父战栗起来，他回到自己家里，开始做祷告。

第二天早晨，天刚拂晓，他就出发了。修道士，乐师，持蜡烛的，摇香炉的，还有一大群人，跟着他一块儿来到了海岸上。他祝福了大海，祝福了大海里所有野生的生灵。他还祝福了农牧神弗恩们，在林地里跳舞的小生灵和眼睛明亮、透过树叶向外面窥望的生灵们。他祝福了上帝的世界里的所有生灵，人们的心中充满了快乐和惊讶。可是，漂布地

① 这种饰带是天主教神父佩戴的，所以这是一位天主教神父。

的角落里再没有长出过任何一种花儿,而是恰如从前一样,仍是一块不毛之地。从前海族的人常常来到港湾里,如今再也不来了,因为他们去了大海中别的地方。

星孩儿

从前,有两个贫苦的樵夫在回家的路上,穿过一片大松林。那是一个冬天的夜晚,寒冷刺骨。地面上积着厚厚的雪,树的枝丫被雪压弯了。他们一路走过去,只听得两边的细树枝被冰雪咬得噼啪作响。他们来到瀑布跟前时,看见她一动不动地悬在空中,因为冰王吻过她了。

天那么冷,连鸟兽也不知道怎样应对啦。

“嗷!”狼咆哮着,他夹着尾巴从灌木林中深一脚浅一脚地跑过,“这鬼天气真是怪极了。政府为什么不关心关心呢?”

“啾!啾!啾!”绿衣朱顶雀叽叽喳喳地叫着,“年迈的大地死了,他们用白寿衣把她收殓了。”

“大地要结婚了，这是她的嫁衣。”斑鸠们交头接耳议论道。他们的粉红色小脚已经冻伤了，但仍然觉得，对于眼前的处境，自己有责任持有一种浪漫的观点。

“胡扯！”狼吼道，“我告诉你们，这全是政府的错，如果你们不信，我就吃了你们。”狼的头脑是完全现实的，他永远不会找不到一个好理由。

“嗯，在我个人看来，”啄木鸟发言了，他是个天生的哲学家，“我不喜欢用原子论来解释。事情原本怎样，就是怎样，目前天气极其寒冷。”

当然极其寒冷。住在高大的冷杉树上的小松鼠们，一直在互相揉搓鼻子取暖。兔子们蜷缩在洞里，连冒险向门外看一眼都不肯。似乎喜爱这种天气的唯一族类只有大角鸮。他们的羽毛被冰霜冻硬了，却毫不在意；他们转动着黄色的大眼睛，在森林里，隔得很远，彼此呼唤着：“突喂！突呜！突喂！突呜！多么令人愉快的天气哦！”

两个樵夫不停地向前走，一边走一边起劲儿地呵手指,在结了块的雪上跺着钉过铁掌的靴子。有一回他们陷进深深的积雪中,爬出来时一身的白,就像石磨在转动时的磨坊主一样。有一回他们在坚硬光滑的冰面上滑倒了,那儿原是沼泽地,里面的水结成了冰;柴火捆摔散了,他们只好把它们捡起来,重新捆好。又有一回,他们觉得自己迷路了,心里惊恐万分,因为他们知道,雪神对于在她怀抱里睡着的人是非常残酷的。但是他们信赖好人圣马丁[①],他是所有出门在外的人的守护者。他们循着自己的脚印折返回去,又小心翼翼地往前走,终于来到了森林边缘,远远地看见下方的山谷里,他们所居住的村庄闪着灯光。

他们脱了险,分外高兴,开怀大笑。在他们眼里,大地仿佛是一朵白银的花儿,月亮就像是一朵黄金的花儿。

可是,不久他们的欢笑就变了悲伤,因为他们

① 《圣经》中的人物,天主教有圣马丁节。

记起了自己的贫困。一个樵夫对另一个说道："我们有什么可高兴的呢？生活是向着富人的，并不向着我们这样的人。我们还不如在森林里冻死的好，或者让野兽扑倒、杀死。"

"这是实话，"他的同伴答道，"有的人拥有很多，另一些人得到的却很少很少。不公已经把世界分成了两块，除了忧伤之外，没有一样东西是平均分配的。"

他们正在你一言我一语哀叹自己的悲苦时，我们要讲述的这件奇怪的事发生了。从天上坠下来一颗很亮、很美的星星。它沿着天边向下滑落，沿途经过许多别的星星，它们都惊讶地望着它。两个樵夫觉得，它仿佛就落在一箭之遥的地方，落在一个小羊栏边的柳树丛中。

"嗨！谁找到它，就能得到一罐金子。"他们叫喊着，奔跑起来，他们太想得到金子了。

一个樵夫比另一个腿快，跑到了前头。他钻进柳树丛，从另一头跑了出来，瞧啊！真有一个黄金的物件躺在白雪上。于是他加快脚步奔过去,俯下身子,双手按住了它。那是一件金线斗篷,很奇特地绣着星星的图案,在一样东西上裹了好几层。他向同伴大叫着,告诉他已经找到了天上掉下来的宝贝。同伴赶上来后,他们一起在雪地上坐下,打开斗篷分金子。可是,唉!里面没有金,也没有银,的的确确,什么宝贝也没有,只有一个熟睡的小孩儿。

一个樵夫对另一个说道:“我们满怀希望,却得到这样一个悲惨的结果。我们真是一点儿财运也没有,一个小孩子对男人有什么用呢?我们还是把他丢在这儿,走我们的路吧。我们是穷人,自己有孩子,总不能把他们的面包给别人的小孩儿。”

但他的同伴答道:“不,把这孩子丢在雪地里饿死是作孽的事。我和你一样穷,等着吃饭的嘴巴很多,锅里的东西却很少,但我还是要把他带回家去,我的妻子会照顾他的。”

于是他轻轻地把孩子抱起来,用斗篷把他裹好,挡住刺骨的寒冷。他下了山,向村子里走去;对于他的傻心眼和软心肠,他的同伴感到惊奇和不解。

他们回到村子里时,他的同伴对他说:“你要了孩子,所以斗篷给我吧,捡到东西应该平分的。”

但是他回答说:“不,斗篷不是我的,也不是你的,它只属于这孩子。”他向同伴道了声好运,走到自家屋子跟前,敲了门。

他妻子打开门,看见丈夫平安归来,就搂住他的脖子,吻了他,然后从他背上接过柴火捆,掸去他靴子上的雪,叫他进去。

但是他对她说:“我在森林里发现了一件东西,带回来请你照看它。”他站在门槛外面不肯动脚步。

“是什么呢?”她嚷道,“让我看看。家里空空荡荡的,我们需要很多东西。”他把斗篷掀开,给她看里面熟睡的孩子。

“啊呀,天哪!”她喃喃地说,“我们自己没有孩子吗,需要你带个调包的孩子[①]回来看家?谁知道

---

① 原文为 changeling,迷信说法中被仙女偷换后留下的丑孩子。

他会不会给我们带来厄运?我们怎样照料他呢?"她对他生气了。

"不,他是个星孩儿。"他答道。他给她讲述了发现他时的奇特情形。

但是她不肯让步。她嘲笑他,怒气冲冲地说话,对他嚷嚷:"我们自己的孩子面包还不够吃,怎么来养别人的孩子?有谁来关心我们?谁会送食物给我们?"

"不,上帝连麻雀也关心,也喂它们的。"他答道。

"冬天麻雀不是会饿死吗?"她反问道,"现在不正是冬天吗?"

男人没有回答,只是站在门槛外面,不肯动脚步。

一阵刺骨的寒风从森林那边刮过来,吹进家门,她打了个哆嗦。她颤抖着,对他说:"你不想把门关上吗?刺骨的寒风吹进屋子里来了,我冷。"

"一间心如铁石的屋子里,吹进来的不永远是寒风吗?”他问道。女人没有回答,只悄悄地向火炉边靠了靠。

过了一会儿,她转过身来看着他,眼睛里噙满了泪水。他迅速走进门去,把孩子放在她的臂弯里。她吻了他,把他放在他们最小的孩子睡着的小床上。第二天,樵夫把那件奇特的金线斗篷拿起来,收进一个大柜子;他妻子把孩子脖子上的一根琥珀项链取下来,也收进了那个大柜子里。

于是,星孩儿和樵夫的孩子们一起被养育起来,坐在同一张桌子旁边吃饭,和他们一同玩耍。他的模样一年比一年美丽,村子里的人都感到很惊奇,因为他们是黑肤黑发,他却如锯开的象牙一般白皙细腻,他的卷发就像水仙花环。还有,他的嘴唇宛若红花的花瓣,他的眼睛如同清清河水边的紫罗兰,他的身体如同刈草人不去的田野上生长的水仙。

但他的美貌对他起着坏作用,他变得骄傲、残酷、自私了。樵夫的孩子们,村子里的其他孩子,他都瞧不起。他说他们出身低贱,他自己却出身高贵,是一颗星星生出来的。他自命为他们的主人,把他们唤作他的仆人。对于穷人,对于眼睛失明的人,对于重伤残疾的人,对于病痛在身的人,他毫无怜悯之心,反而拿石头扔他们,把他们赶到大路上,吩咐他们去别处乞讨面包。到了最后,除了歹徒以外,没有人会第二次到他们村子里讨施舍。他确实迷恋美,总是挖苦孱弱者和丑陋的人,拿他们开玩笑。他自恋,在夏季无风的日子里,他会趴在神父果园里那口井的边沿,俯望倒映在水面上的出奇皎美的面容,为自己的美貌高兴得笑出声来。

樵夫和他的妻子时常责备他,他们说:“我们并没有像你对待孤苦无依的人那样对待你,为什么你对待需要怜悯同情的人那么残酷呢?”

老神父经常把他叫去,设法教他爱生灵,他对星孩儿说:“飞蝇是你的兄弟,不要伤害它。在森林里悠游的野鸟有它们的自由,不要为了你自己开心抓捕它们。上帝创造了蛇蜥和鼹鼠,它们各有自己的位置。你是什么人，竟然给上帝的世界带来痛苦？连田野里的牲口都知道赞美上帝呢。”

但是星孩儿听不进他们的话，只皱着眉头，露出不屑的表情回到同伴们中间，做他们的头领。同伴们都跟随他，因为他长得美，跑得快，会跳舞，会吹笛子，还会编曲子。无论星孩儿领他们去什么地方，他们都跟着；无论星孩儿吩咐他们做什么，他们都照做。他拿一根尖芦苇戳鼹鼠迷糊的眼睛，他们哈哈大笑；他拿石头扔麻风病人，他们也哈哈大笑。在每一件事情上，他都统领着他们；他们变成了铁石心肠，就和他一样。

有一天，一个贫苦的丐妇从村子里经过。她的外套破破烂烂，她的双脚因为一路走来在粗糙的路面上磨破了，流着血。她的境况非常恶劣。她累了，在一棵栗子树下坐着休息。

星孩儿看见了她，就对同伴们说：“看！一个臭哄哄的女乞丐，居然坐在那棵叶子碧绿的美丽的树下面。来，我们去把她赶走，她太丑、太难看了。”

于是他走到近前，向她扔石头，并且挖苦她。她看着他，眼神里带着惊恐；她看着他，目不转睛。这时樵夫正在场院侧边[①]砍木头，他看见星孩儿的恶行，便跑过来指责，他说："你真是硬心肠，不懂得一点儿慈悲，这可怜的女人对你做了什么坏事，你要这样对待她？"

星孩儿气得涨红了脸，在地上跺着脚，说道："你是什么人，竟然来质问我的事？我不是你的儿子，不必听你的吩咐。"

"你说的是实话，"樵夫答道，"可我当年在森林里发现你时，是对你施了怜悯的。"

那女人听到这番话，大叫一声，晕倒了。樵夫把她抱到自己家里，由他妻子照看着。她从昏厥中醒来后，他们把食物和饮料端到她面前，吩咐她宽心。

但她不吃也不喝，只对樵夫说道："你是说，那

---

① 原文为 haggard，指乡村人家屋子和马厩之间的空地，用来拴家畜或堆粮垛。

孩子是在森林里发现的？是不是十年前的今天？”

樵夫答道：“是的，我是在森林里发现他的，正是十年前的今天。”

“你发现他时，有没有看到什么信物？”她哭着问道，“他脖子上有没有戴一根琥珀项链？有没有一件绣着星星的金线斗篷裹着他？”

“确实有，”樵夫答道，“和你说的完全一样。”他从柜子里取出斗篷和琥珀项链，拿给她看。

她看到这两个物件，高兴得哭了，她说：“我找到我失落在森林里的小儿子了。求你们快些把他叫回来，为了寻找他，我已经流浪着走遍了整个世界。”

于是樵夫和他的妻子出去叫唤星孩儿，对他说：“回到屋子里去，你会看到你的母亲，她在等你。”

于是他带着满腹的惊奇，高兴至极地跑进屋子。可是当他看见在屋子等他的人时，他轻蔑地笑起来，说道：“喂，我的母亲在哪儿呢？除了这个讨厌的女乞丐，我什么人也没有看见。”

女人回答他说：“我正是你的母亲。”

“你这样说真是疯了，”星孩儿愤怒地嚷嚷道，“我不是你儿子，因为你是个乞丐，你很丑，衣衫褴褛。所以你还是快走吧，别让我再看到你这张脏兮兮的脸。”

“不，你确实是我的小儿子，我在森林里生下来的，”她哭着说道，跪倒在地，向他伸出了双臂，“强盗把你从我身边掳走，扔在野外让你等死，”她喃喃地说着，“但我看见你时一眼就认了出来，而且我还认出了信物，这件斗篷和这条琥珀项链。所以我求你跟我来，为了寻找你，我已经流浪着走遍了整个世界。跟我来吧，我的儿子，因为我需要你的爱。”

可是星孩儿站在那儿一动也不动，对她关上了他的心灵之门。屋子里一片沉寂，只听得见那女人啜泣的声音。

最后他对她说话了，他的声音生硬而且严厉。“如果你真是我的母亲，”他说，“你最好还是远远地离开，不要到这儿来让我蒙羞。因为我一直以为我是星星的孩儿，不像你告诉我的那样，是一个乞丐的孩子。所以你赶快走吧，别再让我看见你。”

“唉！我的儿子，”她哭着说，“在我走之前，你不愿亲我一下吗？我历尽千辛万苦才找到了你。”

“不，”星孩儿说，“你那么脏，简直都不能看，我宁愿亲吻蝰蛇或癞蛤蟆，也不要亲你。”

女人站起来，凄惨地哭泣着走出去，走进了森林。星孩儿看见她走了，就高兴起来，跑回到同伴中间去，要和他们一起玩耍。

但是他们看见他过来，就一起嘲笑他，说道：“哎呀，你和癞蛤蟆一样肮脏，像蝰蛇一样讨厌。快走开，我们不愿跟你一起玩。”他们把他赶出了花园。

星孩儿皱起眉头，自言自语道：“他们对我说的这是什么话？我要去水井边照一照，它会告诉我，我有多美。”

于是他来到水井边，朝井里面看。瞧啊！他的脸就像癞蛤蟆的脸，他的身体像蝰蛇一样长了鳞片。他扑倒在草地上哭泣着，自言自语道："我身上发生这样的事，一定是因为我的罪孽。我不认母亲，把她赶走；我待她很傲慢，很残忍。所以我要走遍整个世界去寻找她，不找到她决不停歇。"

樵夫的小女儿走到他身边，把手放在他肩上，说道："你失去了美貌，有什么关系呢？和我们待在一起吧，我不会挖苦你。"

他对她说："不，我残忍地对待我的母亲，降临到我头上的这个厄运是对我的惩罚。所以我必须马上动身，走遍整个世界，直到我找到她、请她原谅我为止。"

于是他跑进了森林，呼唤母亲出来见他，但是得不到回应。他呼唤了一整天，太阳落山后，他用树叶铺个了床，躺下睡觉。鸟兽都从他身边逃走，因为它们都记得他的残忍。他孤孤单单，只有癞蛤蟆望着他，只有行动缓慢的蝰蛇从他身边爬过。

第二天早晨他起床后，从树上摘了些苦涩的浆果吃。他辛酸地哭泣着，穿过巨大的森林，往前赶路。无论遇到谁，他都向人家打听是否碰巧见过他的母亲。

他对鼹鼠说："你能在地下行走。告诉我，我母亲在地下吗？"

鼹鼠答道："你弄瞎了我的眼睛。我怎么会知道呢？"

他对朱顶雀说："你能飞过参天大树的树顶，看见整个世界。告诉我，你看得见我母亲吗？"

朱顶雀答道："你为了取乐剪断了我的翅膀。我怎么飞得起来呢？"

小松鼠住在冷杉树上，孤身一人。他对小松鼠说："我母亲在哪儿呢？"

松鼠答道："你已经杀死了我的母亲，也想杀死你自己的母亲吗？"

星孩儿哭泣着低下头去，祈求上帝的生灵们宽恕他，然后继续在森林中穿行，寻找那个丐妇。第三天，他到达了森林的另一端，从山上下去，来到平原上。

他经过村庄的时候,孩子们嘲笑他,向他扔石头。乡下人连牛棚里也不肯让他睡,生怕他身上带了霉菌,会传染给贮藏的谷物。他的模样太脏了,他们的雇工也来赶他走,没有一个人怜悯他。哪儿都打听不到一点儿那丐妇,也就是他母亲的消息。他已经在世界上漂泊了三年之久,时常恍惚看见她就在前方的路上,他呼唤她,追她,直到他的脚被尖利的硬物硌出血来。但他始终追不上她,那些住在路边的人,都不承认见过她或跟她相像的人,他们拿他的忧伤来消遣。

他在世界上漂泊了三年之久,在世界上没有得到过爱,也没有得到过慈爱或仁爱。但这样一个世界,正如同从前他不可一世的时候,他自己所创造的那个世界。

一天黄昏,他来到一座城墙坚固、傍河而筑的城池前。他很疲惫,脚又痛,但还是想进城门。守城的兵士把戟一横,拦住去路,粗暴地对他说:"你进城有什么事?”

“我在找我的母亲,”他答道,“求你放我进去,因为她有可能就在这城里。”

但是他们挖苦他,其中一个兵摇晃着他那副黑胡须,放下盾牌,嚷道:“其实呀,你母亲看见你不会感到快乐的,因为你比沼泽里的癞蛤蟆更丑,比湿地上爬行的蝰蛇更难看。走开,走开。你母亲不住在这城里。”

另一个兵,手里拿着一杆黄色旗子的,对他说:“你的母亲是谁,你为什么要找她?”

他答道:“我母亲就像我一样,是个乞丐,过去我待她很坏,求你准我进去,如果她正好待在这城里,也许她会宽恕我。”但是他们不肯放行,还用长矛来戳他。

他哭着转身走开后,一个甲胄上嵌着金色花朵、头盔上卧着一头长翅膀的狮子的人走过来,向兵士们询问刚才什么人想进城。他们对他说:“是一个乞丐,而且是一个女乞丐的儿子,我们把他赶走了。”

“不，”他笑着大声说道，“我们把那脏货当奴隶卖了，可以卖到一碗甜酒的价钱。”

一个面貌凶恶的老头儿正好路过，他大喊一声，说道：“我愿意出这个价钱买他。”他交钱之后，用手拉住星孩儿，领着他进了城。

穿过许多条大街之后，他们来到一个小门前。那门开在石榴树盖荫庇下的一面墙上，老头儿用一枚雕花碧玉戒指触了一下，它就开了。他们走下五级黄铜台阶，来到一个长满黑色罂粟、放着许多绿色瓦罐的花园里。接着，老头儿从缠头巾里抽出一条花纹绸巾，用它扎住星孩儿的眼睛，驱赶着他在前面走。绸巾从眼睛上取下之后，星孩儿发现自己在一间地牢里，一盏牛角灯笼在里面照着亮。

老头儿用一个木盘子盛了几块发霉的面包，放在他面前说：“吃吧。”又放了一杯带咸味的水说：“喝吧。”他吃过喝过之后，老头儿走出去，随手锁上门，并且用铁链子把门拴牢。

那老头儿，其实是利比亚魔术师中技艺最精湛的一个，他的本事是跟住在尼罗河坟墓里的老法师学的。翌日，他来到地牢，皱起眉头看着星孩儿，说道："这个邪教徒[①]之城的城门外不远有一片树林，里面有三块金币。一块是白金币，另一块是黄金币，第三块金币是红的。今天你去把白金币给我取来，如果你不把它拿回来，我就抽你一百鞭子。赶快去，日落的时候我在花园门口等你。你务必要把白金币取来，否则会对你不利，因为你是我的奴隶，我花了一碗甜酒的价钱把你买来的。"他用花纹绸巾扎住星孩儿的眼睛，领着他穿过屋子，穿过罂粟花园，上了五级黄铜台阶。他用戒指打开小门，把星孩儿搁在了大街上。

星孩儿走出城门，来到魔术师对他说的那片树林跟前。

从外面看，此刻这片林子很美。树林里似乎满

① 穆斯林对非伊斯兰教徒的蔑称。

是唱歌的鸟儿和芬芳的花朵,星孩儿很高兴地走了进去。但是它的美对他并没有什么好处,因为无论他走到哪里,都有毛糙的欧石南和荆棘从土中一下子冒出来,把他围住。邪恶的荨麻用刺扎他,蓟草用她的匕首戳他,弄得他痛苦不堪。他从早晨找到中午,从中午找到日落,到处都找不到魔术师所说的白金币。日落时分,他把脸转过去,朝着回去的方向,凄惨地哭泣着。因为他知道,什么样的命运在等待着他。

但他走到林子边缘时,听见灌木丛中一声叫,好像是什么人在痛苦地哭喊。他忘记了自己的忧愁,跑回到灌木丛跟前,看见一只小野兔被猎人下的套子夹住了。

星孩儿同情它,把它放了,对它说:“我自己只是个奴隶,但也许能还你自由。”

野兔回答了他,它说:“你确实给了我自由,我拿什么来报答你呢?”

星孩儿对它说:“我在找一块白金币,却哪儿也找不到。如果我不能带着白金币回去，我的主人会打我。”

“跟我来，”野兔说，“我带你去找，因为我知道它藏在什么地方，有什么用。”

于是星孩儿跟着他走了。瞧！在一棵大橡树的裂缝里，他看见了他正在寻找的白金币。他满心欢喜地把它抓在手里，对野兔说：“我为你做了一件小事，你还给我许多倍；我对你行了一点儿善，你报了一百倍的恩。”

“不，”野兔答道，“只是你怎样待我，我就怎样待你罢了。”说完它就迅速跑开了，星孩儿向城里走去。

城门口坐着一个人，一个麻风病人，脸上垂着一顶灰色的亚麻布蒙头兜帽。透过兜帽上的两个小孔，他的眼睛像烧红的煤一样放着光。看见星孩儿走过来，他便敲着木碗，摇着铃铛，对星孩儿喊叫着，他说：“给我一块钱吧，否则我就要饿死了。他们把我扔出了城，没有一个人同情我。”

“唉!”星孩儿嚷道,“我钱袋里只有一块钱,如果我不把它带回去给我的主人,他就会打我,因为我是一个奴隶。”

但是麻风病人乞求他,祈求他,最后星孩儿动了怜悯之心,把白金币给了他。

他来到魔术师的屋子跟前,魔术师给他开了门,带他进去,对他说:“你把白金币带回来了吗?”星孩儿答道:“我没有。”于是魔术师扑到他身上,打了他,然后在他面前放一只空木盘子,对他说:“吃吧。”又放了一只空杯子,对他说:“喝吧。”然后再次把他投进地牢。

翌日,魔术师来到地牢,对他说:“如果今天你不把黄金币给我带回来,我一定把你当奴隶对待,抽你三百鞭子。”

于是,星孩儿去了那片树林,一整天在里面寻找黄金币,但是哪儿也找不着它。日落时他坐下来,开始哭泣。他正哭着,他从套子里救下的那只小野兔来了。

野兔对他说："你为什么哭呢？你在树林里寻找什么？"

星孩儿答道："我在找藏在这儿的一块黄金币，如果找不到，我的主人就会打我，把我当奴隶对待。"

"跟我来。"野兔喊道，它在树林中穿行着，最后来到一个水潭旁边。黄金币就躺在潭底。

"我怎样谢你呢？"星孩儿说，"你瞧，这是你第二次解救我了。"

"不，是你先对我动怜悯之心的。"野兔说，然后迅速地跑开了。

星孩儿取出黄金币，把它放进钱袋里，急匆匆向城里走去。但是麻风病人看见他过来了，就迎着他跑上前去，跪下来哭喊着："给我一块钱吧，否则我就要饿死了。"

星孩儿对他说："我钱袋里只有一块钱，如果我不把它带给我的主人，他就会打我，把我当奴隶对待。"

但是麻风病人苦苦地乞求他，于是星孩儿动了怜悯之心，把黄金币给了他。

他来到魔术师的屋子跟前，魔术师给他开了门，带他进去，对他说："你把黄金币带回来了吗？"星孩儿对他说："我没有。"于是魔术师扑到他身上，打了他，然后给他戴上锁链，再次把他投进地牢。

翌日，魔术师来到地牢，对他说："如果今天你把红金币带回来给我，我就把你放了；不过如果你拿不回来，我就杀了你。"

于是，星孩儿去了那片树林，一整天在里面寻找红金币，但是哪儿也找不着它。黄昏时他坐下来，开始哭泣。他正哭着，小野兔来了。

野兔对他说："你寻找的红金币，就在你身后的洞穴里。所以别哭了，高兴起来吧。"

"我怎样报答你呢？"星孩儿嚷道，"你瞧，这是你第三次解救我了。"

"不，是你先对我动怜悯之心的。"野兔说，然后迅速地跑开了。

星孩儿走进洞穴，在它最里面的一个角落里，找到了红金币。他把它放进钱袋里，急匆匆向城里走去。麻风病人看见他过来了，就站在路中央，哭叫着，对他说："把红金币给我，否则我就会死的。"星孩儿又对他动了怜悯之心，把红金币给了他，并且说道："你的需求比我的重要。"可他的心很沉重，因为他知道，什么样的厄运在等待着他。

可是瞧啊！当他穿过城门的时候，守城的兵士对他鞠躬，向他敬礼，说道："我们的王多么美！"一群市民跟在他身后，喊叫着："全世界肯定没有人像我们的王一样美！"星孩儿被弄得哭起来，他对自己说："他们在嘲笑我，在蔑视我的不幸。"聚拢来的人太多了，他在人流中迷了路，最后发现自己来到了一个巨大的广场上，广场上矗立着一座王宫。

王宫的大门打开了，神父们和城里的高官们跑上前来迎接他。他们在他面前卑躬屈膝，说道："你是我们的王，我们一直在等待你，你是我们国王的儿子。"

星孩儿回答了他们,他说:“我不是国王的儿子,而是一个贫苦的女乞丐的孩子。我知道自己很难看,你们怎么说我美呢?

这时,那个甲胄上嵌着镀金的花朵、头盔上卧着一头长翅膀的狮子的人,举起盾牌,大声说:“我们的王怎么说自己不美呢?”

星孩儿向盾牌望过去,瞧啊!他的脸完全和从前一样了,他的美貌恢复了,并且,他看见自己眼睛里有了一种先前从未见过的东西。

神父们和高官们跪下来,对他说道:“古老的预言里说过,将要统治我们的人会在今天来到。所以,请我们的王接受这王冠和这权杖,以他的公正和仁慈来做我们的国王吧。”

但是他对他们说:“我不配,因为我不认我的生身母亲,只有找到她并且得到她的宽恕,我才可以停歇。所以,请让我走吧,因为我必须再一次走遍世界。虽然你们给我带来了王冠和权杖,我也不可以在这里停留。”他一边说,一边把目光从他们身上移向通往城门的那条大街，瞧啊！在兵士们周围拥挤着的人群中，他看见了那个讨饭的母亲，她旁边站着那个曾经坐在路旁的麻风病人。

从他嘴里迸发出一声快乐的大叫，他奔过去，跪下来，吻他母亲脚上的伤口，用他的泪水浸湿了它们。他把头低俯在尘埃里，抽泣着，像一个心碎了的人那样，对她说："母亲，在我得意的时候我不认你。请在我谦卑的时候接受我吧。母亲，我给过你憎恨。请给我爱吧。母亲，我拒绝过你。现在请接受你的孩子吧。"但是丐妇没有回答他一个字。

他伸出手去，抓住麻风病人苍白的脚，对他说："我向你施过三次仁爱。请你叫我母亲对我说一句话吧。"但是麻风病人没有回答他一个字。

他再次抽泣起来，说道："母亲，我受的苦太大了，我已经不能承受。请你宽恕我，让我回到森林里去吧。"丐妇把她的手放到他头上，对他说："起来。"麻风病人也把他的手放到他头上，对他说："起来。"

他站起身来，望着他们，瞧啊！他们是国王和王后。

王后对他说：“这是你父亲，你解救过他三次。”

国王对他说：“这是你母亲，你用泪水洗过她的脚。”他们一把抱住他的脖颈，吻了他。他们带他走进王宫，给他换上漂亮衣服，将王冠戴到他头上，把权杖放到他手中。于是他统治了这个矗立在河边的城，成了它的王。他向所有的人显示公正和仁爱，将邪恶的魔术师驱逐出城，给樵夫和他的妻子送去了丰厚的礼物，并赐给他们的子女很高的荣宠。他授民以爱、慈爱和仁爱，不允许任何人残忍地对待鸟兽。他给穷人以面包，给赤身者以衣履，境内的人民过着和平富足的日子。

但是他并没有统治很久。他受过的苦太大，他经历的磨炼和煎熬太严酷，三年后他就死了。他的继位者是一个很坏的国王。